Jens Schumacher

ALPHA 2

IRRFAHRT IM ALL

EIN INTERAKTIVES WELTRAUMABENTEUER

Mit Illustrationen von Steffen Winkler

KeRLE
bei Herder

Freiburg · Wien · Basel

Die Schreibweise entspricht der neuen Rechtschreibung

Gedruckt auf umweltfreundlichem,
chlorfrei gebleichtem Papier

Umschlag- und Innenillustrationen: Steffen Winkler
Reihenlayout: smp – schmidt media production, Freiburg

www.kerle.de
Satz und Layout: Barbara Herrmann, Freiburg
Druck und Einband: fgb · freiburger graphische betriebe 2006
www.fgb.de
ISBN-13: 978-3-451-70680-6
ISBN-10: 3-451-70680-6

Vor dem Abflug

Aufgepasst!

Dies ist kein Buch wie die meisten anderen. Denn es ist nicht dazu gedacht, es einfach von vorne nach hinten durchzulesen und anschließend zurück ins Regal zu stellen. Das kann schließlich jeder!

In diesem Buch bist DU der Held! Du bestimmst den Verlauf der Handlung, wenn du gemeinsam mit deiner Crew an Bord des Sternengleiters Alpha 2 das Universum der Zukunft erforschst und galaktische Abenteuer erlebst.

Dabei musst du ein paar einfache Spielregeln beachten. Die wichtigste: Lies die Abschnitte dieses Buches NIE in der Reihenfolge ihrer Nummerierung, denn so ergeben sie keinen Sinn! Befolge stattdessen die Anweisungen am Ende jedes Abschnitts. Du wirst merken, dass sich so unzählige Möglichkeiten ergeben, dieses Buch zu lesen. Dabei gibt es jedoch nur *einen einzigen richtigen Weg* zur Lösung dieses Abenteuers. Sei nicht enttäuscht, wenn du ihn nicht gleich beim ersten Mal findest. Beginne in diesem Fall einfach von vorn und unternimm einen neuen Versuch.

Und nun blättere um, mach dich mit deinem Schiff und deiner Crew vertraut, und wähle deinen ganz persönlichen Kurs als Captain der Alpha 2!

Was bisher geschah

Wir schreiben das Jahr 3006. Lange schon ist es der Menschheit auf der Erde zu eng geworden, und zahlreiche Planeten in fernen Galaxien wurden besiedelt, um Lebensraum für alle zu schaffen.

Im Jahre 2488 wurde der interstellare Sternenbund gegründet. Die Beamten dieser »Weltraumpolizei« sorgen dafür, dass in den Aberhunderten bewohnter Sternsysteme die interstellaren Gesetze eingehalten werden. Und damit haben sie manchmal alle Hände voll zu tun ...

Du lebst mit deinen Eltern, zwei Ordnungsbewahrungsbeamten des Sternenbundes, auf dem Planeten Arkadya. Diese Welt ähnelt in vielem der Erde. Hier bist du mehrere Jahre lang zur Raumfahrtschule gegangen, hast interplanetarische Sprachen und Computernavigation gelernt und dich nebenbei zu einem ganz passablen Raumpiloten entwickelt. Das ausrangierte Zweitschiff deiner Eltern, die Alpha 2, kannst du bereits selbst manövrieren, und dankbar nimmst du jede Gelegenheit zu weiteren Trainingsflügen wahr – sofern dein Vater sie dir gestattet.

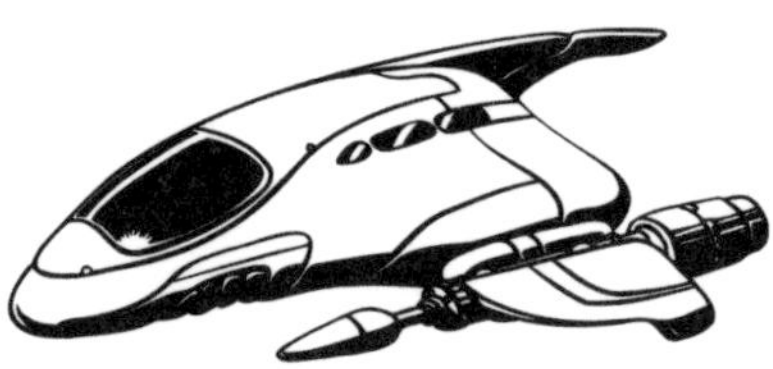

Deine Crew

So gut du dich schon auf das Steuern der Alpha 2 verstehst – du würdest nie auf die Idee kommen, allein in die Tiefen des Alls aufzubrechen! Denn dort ist auch der beste Pilot ohne eine gut funktionierende Crew ganz schnell aufgeschmissen. Du schätzt dich daher glücklich, eine solche Mannschaft zu haben:

Ivy McCloud ist die Tochter eines Raumfahrer-Ehepaars vom Planeten Gloggg, das einst mit deinen Eltern befreundet war. Als Mr. und Mrs. McCloud vor Jahren einer Horde Weltraumpiraten zum Opfer fielen, nahmen deine Eltern Ivy bei sich auf. An Bord der Alpha 2 erfüllt sie die Funktion des Navigators, und mit ihrem Mut und ihrer wissbegierigen, überlegten Art ist sie die zuverlässigste Begleiterin, die man sich im All wünschen kann. Aufgrund der besonderen Strahlung, unter der Ivy auf Gloggg aufwuchs, verfügt sie über die bemerkenswerte Fähigkeit, durch Metall, Stein und die meisten anderen festen Materialien hindurchsehen zu können, wenn sie sich fest darauf konzentriert!

Das zweite Mitglied deiner Crew ist Robert Shock, genannt **Bobby.** Der gutmütige, manchmal etwas schusselige Arkadyaner war lange Jahre als Mechaniker deiner Eltern im All unterwegs. Deren neues Schiff, die Alpha 3, ist jedoch so modern, dass es keinen Bordtechniker mehr benötigt. Als

treue Seele möchte Bobby sein »Baby«, die Alpha 2, jedoch nicht im Stich lassen. Daher ist er immer dabei, wenn du mit dem Schiff ins All aufbrichst. Als erfahrener Raummechaniker ist er in der Lage, nahezu jedes technische Gerät mit seinem legendären akkubetriebenen Lötkolben wieder instand zu setzen.

Mit von der Partie ist weiterhin **Brak**. Brak ist eigentlich ein Militärandroide der ZX-Serie. Er wurde vor fünfzehn Jahren auf dem Planeten Syrops entwickelt. Als er dort seinen Dienst als Wachmann antrat, wurde jedoch deutlich, dass seine Hauptplatine eine Fehlfunktion aufwies: Brak kann keinem lebenden Wesen etwas zuleide tun! Da das bei Militär und Wachschutz aber oft unumgänglich ist und eine Reparatur den Preis eines neuen Androiden überstiegen hätte, wurde Brak kurzerhand ausgemustert. Er gelangte als Gebrauchtroboter nach Arkadya, wo er seit Jahren im Dienst deiner Eltern steht – und neuerdings auch in deinem. Um kritischen Situationen, in denen seine Fehlfunktion auffallen könnte, aus dem Weg zu gehen, hat Brak sich eine etwas übervorsichtige Art angewöhnt. (Böse Zungen könnten behaupten, er sei zuweilen ein richtiger Feigling – aber wer würde dem hilfsbereiten Androiden gegenüber schon so unhöflich sein?)

Wie die meisten Schiffe hat die Alpha 2 auch ein Maskottchen, eine Bordkatze, um genau zu sein. Wenngleich die Bezeichnung »Katze« **Gondola** nicht wirklich gerecht wird. Das katzenförmige Reptil vom Eidechsenplaneten Gonchuk wurde vor Jahren von deinem Vater aus einem illegalen Weltraumzirkus gerettet. Gondola, die durch kaum etwas aus der Ruhe zu bringen ist, verfügt über zwei herausragende Fähigkeiten: Sie kann gefährliche Gase und Strahlungen mit einem zusätzlichen Organ auf ihrer Stirn quasi »erschnüffeln«. Außerdem kann sie unfassbare Mengen von Süßigkeiten schneller in ihren sieben Mägen verschwinden lassen, als ein Androide der ZX-Serie eine Strahlwaffe zieht!

Im Verlauf deiner Reise wirst du nicht selten die Gelegenheit erhalten, eines oder mehrere Crewmitglieder als Begleitung für bestimmte Aufgaben auszuwählen. Notiere in einem solchen Fall deine Wahl in dein Bordlogbuch (s. u.), bevor du weiterliest, und denke daran: Auch eine Bordkatze kann in bestimmten Fällen ein nützlicher Begleiter sein!

Ausrüstung, Notizen & der Zufallsfaktor

Du startest dein Abenteuer mit sehr wenig Ausrüstung. Das heißt, an Bord der Alpha 2 befinden sich lediglich etwas Proviant für alle Mitreisenden sowie eine leistungsstarke Überlichtfunkanlage. An einem Band um deinen Hals trägst du außerdem einen digitalen Sprachumwandler, der dich jede zivilisierte Sprache verstehen und sprechen lässt.

Im Verlauf deines Abenteuers findest du manchmal Gegenstände, die du an dich nehmen kannst. Wenn du das tust, trage das entsprechende Objekt in eines der fünf **Ausrüstungs**-Felder in deinem Bordlogbuch (in der hinteren Umschlaginnenseite) ein. Willst du mehr als fünf Gegenstände mitnehmen, musst du zuerst einen anderen fortwerfen, indem du ihn ausstreichst.

Oft bist du auf der Suche nach der Lösung eines Rätsels auf Informationen angewiesen, die du an den unterschiedlichsten Stellen erhalten kannst. Stößt du auf einen Hinweis, der dir nützlich erscheint, trage ihn sorgfältig unter **Notizen** in dein Bordlogbuch ein.

Vergiss nicht: Jede neue Reise durch dieses Buch beginnst du wieder ganz ohne Gegenstände und Hinweise! Am besten, du nimmst deine Eintragungen mit Bleistift vor, dann kannst du sie für jeden neuen Anlauf problemlos entfernen. Wenn du nicht in dein Buch hineinschreiben willst, fotokopiere dein Bordlogbuch oder male es auf einem Blatt Papier ab.

So klug und vorausschauend du auch handelst, es wird zuweilen doch vorkommen, dass der Ausgang einer Situation vom Zufall abhängig ist. In diesem Fall wirst du aufgefordert, den **Zufallsfaktor** zu ermitteln. Schlage dann den hinteren Buchdeckel auf und tippe mit geschlossenen Augen auf eine der 100 Zufallsziffern (0 zählt als 10). Das Resultat bestimmt, wohin es vom aktuellen Abschnitt weitergeht.

Kleiner Tipp: Du kannst jederzeit unter **www.kerle.de** nachsehen, ob du auf dem richtigen Weg bist!

Das Abenteuer beginnt ...

Du siehst deinen Vater im Geiste noch ganz deutlich vor dir, wie er vor sich hinmurmelt: »Seltsam ... aber die Wissenschaftler täuschen sich eigentlich nie. Ein schwarzes Loch, so nah an einem besiedelten Sonnensystem – das würde eine enorme Bedrohung für alle benachbarten Planeten bedeuten!« Noch einmal vergewissert er sich, dass er den Bericht vom Institut für interplanetarische Forschung auf Dusenia-Oxx richtig gedeutet hat. Doch das Gutachten weist zweifelsfrei auf das mögliche Vorhandensein eines schwarzen Lochs im Sternbild Triops hin! Nach einigen aufgeregten Visophon-Gesprächen mit dem Vorstand des Sternenbundes ist das Vorgehen klar: Deine Eltern brechen umgehend mit der Alpha 3 auf, um sich die Sache vor Ort genauer anzusehen und im Falle einer Bedrohung Schutzmaßnahmen für den betroffenen Raumsektor einzuleiten.

All das ist mittlerweile drei Tage her.

Seitdem hast du nichts mehr von den beiden gesehen oder gehört – und das, obwohl die Alpha 3 eine überlichtschnelle Funkstation an Bord hat. Auf deine eigenen Funkrufe erfolgt keine Reaktion. Es sieht deinen Eltern gar nicht ähnlich, sich nicht von unterwegs zu melden – und sei es nur, damit deine Mutter sich beiläufig erkundigen kann, ob du auch nichts angestellt hast. Als du beim Vorgesetzten deiner Eltern nachfragst, erfährst du, dass auch der Sternenbund seit ihrem Abflug keinen Kontakt mehr mit den beiden gehabt hat. Dafür kann es eigentlich nur einen Grund geben: Ihnen ist etwas zugestoßen! Du erfährst außerdem, dass der Sternenbund frühestens in weiteren drei Tagen einen Suchtrupp aussenden kann.

So lange wirst du nicht warten! Lies weiter bei **1**.

Mit dem Aufzug fährst du hinunter in die Raumschiffhalle. **1**
Auf einem freien Feld jenseits der Bodenmarkierung, wo normalerweise der Sternenkreuzer deiner Eltern parkt, ragt die unverwechselbare Silhouette deines Schiffes empor, der Alpha 2. »Dein« Schiff ist eigentlich etwas übertrieben – genau genommen handelt es sich um den alten Raumgleiter deiner Eltern, den sie ausgemustert haben, als sie vom Sternenbund ein neues Schiff zur Verfügung gestellt bekamen. Trotzdem: Der schnittige Gleiter mit den kurzen Tragflächen ist in den letzten Monaten quasi deine zweite Heimat geworden. Du hast viel Zeit darin zugebracht, meist unter der Aufsicht deines Vaters. Nun wird dir klar, dass sich die ungezählten Übungsflüge der letzten Monate auszahlen werden – denn du musst dich auf die Suche nach deinen Eltern machen!

Robert »Bobby« Shock kniet vor der Einstiegsluke des Schiffes. Wie üblich arbeitet er mit seinem akkubetriebenen Hyper-Lötkolben konzentriert an etwas, das von weitem absolut nicht kaputt aussieht – und aus der Nähe eigentlich auch nicht.

Neben Bobby ragt die riesige Gestalt von Brak dem Androiden auf. Mit seinen hydraulischen Armen hält er ein Bündel Metallstreben, das mindestens eine halbe Tonne wiegen muss. Ab und zu reicht er Bobby eine und nimmt dafür eine ausgebaute entgegen.

Du berichtest den beiden, was geschehen ist. Sofort erklären sie sich bereit, dich auf deiner Suchexpedition zu begleiten. Als du dich gerade erkundigen willst, wo Ivy steckt, kommt das schwarzhaarige Mädchen auch schon hinter einem ausrangierten Raketentriebwerk hervorgesprungen. Auf dem Rücken trägt sie einen fertig gepackten Rucksack – wie du hat auch sie sich Sorgen um ihre Adoptiveltern gemacht und ist längst reisefertig.

Als ihr das Schiff betretet, tönt euch ein freudiges »*Mörrr*« von der Decke entgegen. Du blickst auf – genau in das pausbäckige Gesicht von Gondola, die mit ihren saugnapfbewehrten Pfoten über dir an der Decke klebt und einen Schokoladenkeks kaut. Ihr seid vollzählig! Auf Knopfdruck gleiten die Tore der Raumschiffhalle beiseite, und ihr startet mit der Alpha 2 ins All. Weiter bei **81**.

2 Aus Gründen der Tarnung beschließt du, die Seite des Planeten anzufliegen, auf der momentan stockfinstere Nacht herrscht. Natürlich musst du währenddessen auch die Außenscheinwerfer der Alpha 2 ausgeschaltet lassen, damit niemand auf euch aufmerksam wird. Der Landeanflug verspricht daher, ausgesprochen gefährlich zu werden!

»Wenn wir nur etwas hätten, womit man besser sehen kann«, murmelst du angespannt.

Ist Bobby Shock noch bei euch? Wenn ja, geht es weiter bei **56**. Wenn ihr ihn unterwegs zurücklassen musstet, weiter bei **10**.

3

Du legst deinen Helm beiseite, um einen besseren Überblick zu bekommen, und begutachtest Geräte und Einrichtung der Zentrale. Wie es aussieht, bist du nicht der Erste hier: Plünderer haben die Kontrollpulte um zahlreiche Teile erleichtert. Überall klaffen Löcher und baumeln wirre Kabel. Auch in den angrenzenden Räumen gibt es nichts Brauchbares mehr zu finden, also legst du deinen Helm wieder an und kehrst zur Schleuse zurück. Willst du dich auf der Außenseite des Schiffes noch ein wenig umsehen (weiter bei **71**) oder lieber zur Alpha 2 zurückkehren und deinen Flug fortsetzen (weiter bei **96**)?

4

Ivy erhält eine Pistole mit Plastikgeschossen und wird hinaus in die Arena geschickt. Dort wartet ein haushoher Kampfroboter auf sie, dessen Körper mit kleinen, runden Zielscheiben besetzt ist. Sie muss versuchen, alle zu treffen, während der Koloss mit einem drehbaren Geschütz auf sie feuert!

Zunächst hält Ivy sich gut: Sieben der zehn Scheiben klappen um, ohne dass sie einen Treffer ihres Gegners einstecken muss. Dann jedoch ist sie für einen Augenblick unachtsam, und ein Nervenstrahl aus der Waffe des Roboters erwischt sie am Hals! Unter dem Jubel des Shmadrugalen-Publikums sinkt Ivy ohnmächtig auf den Sand. Sie wird abtransportiert und gemeinsam mit Brak und dir in die Kerkeranlagen von Shmadrugal geworfen. Was dort aus euch wird, ist ungewiss – sicher ist nur, dass deine Mission hier endet!

5 Du kehrst in die Alpha 2 zurück und schließt sorgfältig die Luke hinter dir. Erneut ist dir kurz, als würde der Boden unter den stählernen Füßen des Schiffs erzittern, und weit entfernt ist plötzlich eine Art regelmäßiges Donnern zu vernehmen, das langsam näher kommt. Du eilst zur Bordsprechanlage und drückst den Knopf für den Maschinenraum. »Bobby? Hast du den Schaden im Griff? Können wir starten?«

Bestimme den **Zufallsfaktor**! Beträgt er 5 oder weniger, weiter bei **50**. Liegt er darüber, weiter bei **8**.

6 Du verabschiedest dich von Captain Doderlyn. Seine Männer bringen dich zurück zur Schleuse, und du kehrst an Bord der Alpha 2 zurück, wo deine Crew dich gespannt erwartet. Während du euer Schiff von der MS Carthago abkoppelst, berichtest du, was du erfahren hast. Dann bringst du euch wieder auf Kurs in Richtung des Sternbildes Triops. Weiter bei **19**.

7 Mit verzweifelten Handbewegungen und heftigem Kopfschütteln gibst du Brak zu verstehen, dass er die Weltraumpiraten auf keinen Fall angreifen soll. Zunächst sieht er dich verwirrt an, dann erinnert er sich an den Fehler in seiner Hauptplatine, der es ihm unmöglich machen würde, den Krakenwesen auch nur ein Haar zu krümmen. Rasch klappt er sein Waffenarsenal wieder ein – nur einen Wimpernschlag, bevor sich Captain Ragoridus wieder zu euch umdreht! »Die Ausbeute ist zwar erbärmlich, aber Captain Ragoridus ist ein Ehrenmann und hält Wort«, erklärt er mit einem bösen Grinsen. »Ich lasse euch euer Leben und eure Freiheit, ihr Jammerlappen. Zieht davon und berichtet allen von Captain Ragoridus, dem Schrecklichen!«

Die Krakenwesen kehren auf ihr Schiff zurück und koppeln von der Alpha 2 ab. Wenige Augenblicke später sind sie in den Tiefen des Sternenhaufens verschwunden. Niedergeschlagen, aber froh, dass ihr noch am Leben seid, setzt ihr euren Flug nach **87** fort.

»Äh, ein winziges Momentchen, Captain«, ertönt Bobbys Stimme durch den Lautsprecher. »Wir müssen eben noch ...« In dieser Sekunde wirft ein gewaltiger Schlag die Alpha 2 auf die Seite! Alles bebt und schwankt, während draußen ein urzeitliches Gebrüll ertönt. Du robbst zu einem der Bullaugen – und glaubst, deinen Augen nicht zu trauen! Eine haushohe, saurierähnliche Kreatur ist aus dem nahen Dschungel gekommen und macht sich gerade daran, die große, schnittige Konservendose zu knacken, die aus dem Weltall auf ihren Planeten gefallen ist. Du kannst nichts mehr tun, deine Mission ist gescheitert! **8**

Du hältst dich backbord. Bald erreicht ihr eine Sonne, um die drei Planeten kreisen. Die Radarabtastung besagt, dass der äußere – ein großer brauner – Leben trägt. »Falls er von einer intelligenten Rasse bevölkert ist, können wir dort vielleicht ein paar nützliche Hinweise bekommen«, regt Ivy interessiert an. **9**

Möchtest du einen Zwischenstopp einlegen und dich

auf dem Planeten umsehen (weiter bei **38**) oder lieber weiterfliegen (weiter bei **52**)?

10 Mehrfach setzt du zum Landeanflug an, musst aber jeweils im letzten Moment Bäumen oder schroffen Hügeln ausweichen, die urplötzlich aus dem Dunkel auftauchen. Schließlich siehst du ein, dass eine Landung in der Finsternis ohne ein Nachtsichtgerät einfach zu riskant ist. Deine Crew stößt ein erleichtertes Seufzen aus, als du den Steuerknüppel umlegst und Kurs auf die Tagseite von Bolgothar nimmst. Weiter bei **72**.

11 Das graue Gesicht des Professors hellt sich auf, als du auf sein Spezialgebiet zu sprechen kommst. »Schwarze Löcher entstehen«, erklärt er, »wenn ein Stern nach Milliarden Jahren ausbrennt. Er bläht sich ein letztes Mal auf und verbrennt in einer gewaltigen Explosion. Anschließend verschrumpelt er zu einem sehr schweren Mini-Klumpen, einem so genannten Neutronenstern.« Der Dusenianer hebt bedeutsam einen Zeigefinger. »Manchmal, wenn die Ausgangssonne sehr groß ist, geschieht jedoch etwas anderes: Sie fällt nach ihrem letzten Aufglühen zu einem winzigen, unvorstellbar dichten Gebilde zusammen. Dessen Anziehungskraft wird daraufhin so gewaltig, dass ihr nicht einmal Lichtstrahlen entkommen. Alles, was in seine Nähe gerät, wird aufgesogen und verschluckt, ohne eine Möglichkeit auf Rettung! Das nennt man dann ...«

»Ein schwarzes Loch«, flüstert Ivy.

»Ein schwarzes Loch in der Nähe eines besiedelten

Raumsektors wäre unglaublich gefährlich«, beendet der Professor seinen Vortrag. »Es würde *alles* aufsaugen!«

»Aber wenn es so gefährlich ist ...«, beginnst du unsicher.

»Es ist sehr unwahrscheinlich, dass deine Eltern in ein schwarzes Loch hineingeraten sind«, sagt Professor Corborias und öffnet eine Schublade seines Schreibtisches. »Ihr Schiff, die Alpha 3, ist mit einem solchen Anti-Grav-Modul ausgestattet.« Er legt einen metallischen Kasten mit einem kleinen Tastenfeld vor sich. »Es ist die neueste Entwicklung unseres Instituts. Verbunden mit dem Bordcomputer, berechnet dieses Modul ständig den Sicherheitsabstand, den ein Schiff mindestens einhalten muss, um nicht von der Anziehungskraft des schwarzen Loches erfasst zu werden. Wer es besitzt, kann nicht verschluckt werden – es sei denn, er steuert absichtlich direkt in das Loch hinein.« Als er sieht, dass du den Apparat mit großen Augen betrachtest, fügt er hinzu. »Nimm es mit! Ihr werdet es brauchen, falls sich dort, wohin ihr geht, tatsächlich ein schwarzes Loch befindet. Schließt es an euren Bordcomputer an. Sobald ihr es aktivieren wollt, tippt den Zahlencode 111 ein.« (Notiere dir diesen Code in deinem **Bordlogbuch**!)

Ihr bedankt euch bei Professor Corborias und kehrt in die Alpha 2 zurück, wo Bobby Shock das Anti-Grav-Modul innerhalb weniger Minuten mit dem Bordcomputer verbindet. Willst du nun umgehend zum Triops-Sternbild aufbrechen (weiter bei **49**) oder zunächst noch in den Datenbänken des Bordcomputers nach nützlichen Informationen suchen (weiter bei **33**)?

12 »So, so – ein Kind von zwei Ordnungsbewahrungsbeamten, das sich mit mir unterhalten will«, murmelt Captain Doderlyn. »Nun gut. Komm mit deinem Schiff längsseits und docke an unserer Heckschleuse an. Ich erwartet dich auf der Brücke.«

Vorsichtig tust du wie geheißen. Zwei bewaffnete Männer in Uniform erwarten dich im Innern und führen dich durch lange, metallisch glänzende Korridore zur Kommandobrücke des Schiffes. Captain Doderlyn begrüßt dich mit festem Händedruck. Er führt aus, dass er und sein Schiff, die MS Carthago, ebenfalls im Dienst des Sternenbundes stehen, jedoch einem anderen Raumsektor zugeteilt sind als deine Eltern – deswegen die anders geschnittenen Uniformen. Dann verfinstert sich sein schnurrbärtiges Gesicht vor Sorge. »Leider haben wir gegenwärtig ein Problem mit unserem Antrieb«, erklärt er. »Wir waren gerade auf dem Heimweg von einem Manöver im Sternbild Triops, als unser Maschinist ein Leck in unserem Energiegewinnungsreaktor feststellte. Bis es repariert ist, können wir nichts tun, als träge durchs All zu gleiten – ansonsten wäre ich deinem Schiff sofort ausgewichen.« Als der Captain das Sternbild Triops erwähnt, wirst du hellhörig. Willst du ihn nach Informationen über diesen Raumsektor befragen (weiter bei **17**) oder in Erfahrung bringen, ob er dort zufällig deinen Eltern begegnet ist (weiter bei **29**)?

13 Stunden vergehen, ohne dass etwas Aufsehenerregendes geschieht. Irgendwann ertönt Ivys Stimme vom Navigationspult: »Sternenhaufen Tri-Bandarai voraus!« Auf dem

Monitor erkennst du eine Ansammlung von winzigen Planeten und Asteroiden, die ungeordnet umeinander kreisen. Keiner davon ist groß genug für eine eigene Zivilisation, einige böten allenfalls Platz für einen kleinen Raumhafen.

»Nur noch durch dieses Gewimmel hindurch, dann liegt das Sternbild Triops vor uns«, murmelst du erwartungsvoll. Da ertönt ein aufgeregtes Piepsen aus Ivys Kontrollpult.

»Ein Raumschiff ist hinter einem der Asteroiden hervorgekommen«, erklärt sie. »Es kommt wahnsinnig schnell auf uns zu!«

Auf deinem Monitor siehst du, wie sich euch ein mittelgroßer, stromlinienförmiger Kampfjet neuerer Bauart nähert. Unvermittelt hält er an und schießt einen breiten, bläulich weiß glimmenden Energiestrahl auf euch ab! Ein Ruck fährt durch die Alpha 2, und du merkst, wie eure Geschwindigkeit rapide abnimmt, bis ihr euch gar nicht mehr bewegt.

»Ein Fangstrahl«, scheppert Brak entsetzt. »Wir sind manövrierunfähig.«

Tatenlos müsst ihr zusehen, wie das fremde Raumschiff näher kommt und an eure Einstiegsluke andockt. Dann betreten sechs fremdartige Wesen die Zentrale: Sie sind so groß wie Menschen, ähneln aber ansonsten eher Kraken! Ihre rosafarbenen Körper stecken in engen, silbrigen Anzügen, die nur den runden Kopf mit den riesigen Glotzaugen freilassen. In ihren Tentakeln halten sie Strahlenpistolen, die auf euch gerichtet sind.

Der größte, offenbar ihr Anführer, tritt vor. Über einem

seiner Augen trägt er eine schwarze Klappe. Knisternd übersetzt dir der Sprachumwandler an deinem Hals seine Worte: »Ha! Leichte Beute für Captain Ragoridus und seine Mannen: ein unbewaffnetes Schiff voller Schwächlinge!«

»Das … das müssen Weltraumpiraten sein«, flüstert Ivy dir von der Seite zu – jedoch nicht leise genug!

»Har-har – *Weltraumpiraten*, wie?«, brüllt Captain Ragoridus und tritt ganz dicht an Ivy heran. »Soll ich dir was sagen, Kleines? Damit hast du gar nicht mal so Unrecht!« Er bricht in gehässiges Lachen aus, und seine Handlanger fallen mit ein. »Jeder in diesem Raumsektor kennt und fürchtet Captain Ragoridus vom Volk der Octobalden! Auch ihr werdet mich kennen und fürchten lernen – denn jetzt will ich mir überlegen, was ich mit euch Würstchen anstellen werde!«

Bestimme den **Zufallsfaktor**! Liegt er bei 3 oder darunter, geht es weiter bei **60**. Ist er dagegen höher, weiter bei **79**.

14

Die Radixe sind zwar in der Überzahl, aber auf ihren runden Kugelbäuchen können sie sich nicht allzu schnell bewegen. Ivy wagt einen Ausbruchsversuch, und es gelingt ihr, die Reihen der näher rückenden Dachssoldaten zu durchbrechen! Bevor die verblüfften Radixe mit ihren Maschinengewehren das Feuer eröffnen können, ist sie längst in einem nahe gelegenen Wäldchen verschwunden. (Mach dir in deinem **Bordlogbuch** eine Notiz, dass Ivy entkommen ist.) Wütend ergreifen die Radixe dich und die restliche Crew und bringen euch in ihre Hauptstadt. Ihr werdet zwischen fremdartig aussehenden Häusern hindurchgestoßen und erreicht schließlich einen prunkvollen gelben Palast. In seinem Innern geht es durch lange, gewundene Flure, bis ihr in einen riesigen Raum gelangt. Euch bietet sich ein unglaublicher Anblick! Weiter bei **48**.

15

Wie durch ein Wunder zischen alle Brocken, die groß genug wären, der Alpha 2 gefährlich zu werden, in ausreichender Entfernung am Schiff vorbei! Während ihr euch noch verkrampft in eure Sitze presst und dem Prasseln lauscht, das die kleineren Steine auf der Schiffshülle verursachen, zieht das Meteorgewitter vorüber. Ihr könnt euren Flug bei **87** fortsetzen.

16 Als ihr euch dem Planeten Amoebix in einem weiten Bogen nähert, kommt euch plötzlich ein Schwarm schnittiger kleiner Raumgleiter entgegen.

»Abfangjäger!«, ruft Brak entsetzt. Doch da haben die wendigen Flitzer bereits das Feuer auf euch eröffnet! Laserlanzen in allen Farben zischen rings um die Alpha 2 durch den luftleeren Raum. Nur mit äußerster Mühe gelingt es dir, das Schiff unbeschädigt aus dem Strahlengewitter hinauszusteuern. Bald fallen die kleinen Jets hinter euch zurück und brechen schließlich die Verfolgung ab.

»Ein Glück, dass sich diese Dinger nicht weit von ihrem Stützpunkt entfernen können!«, rattert Brak erleichtert.

»Fehlanzeige auf Amoebix«, stellt Ivy fest. »Und nun?«

Welchen Planeten willst du als Nächstes ansteuern (sofern du es noch nicht versucht hast): Clatomores (**63**), Belknap (**108**), Zygog (**74**) oder Bolgothar (**37**)?

17 »Fünf der sieben besiedelten Planeten im Sternbild Triops werden von Radixen bewohnt«, erklärt dir der Captain. »Ihr König haust auf dem größten davon, den sie Bolgothar nennen. Der Sternenbund hatte in den vergangenen 200 Jahren regelmäßig Ärger mit ihnen, da sie nicht bereit sind, sich einer anderen Regierung als ihrem eigenen Herrscher zu unterwerfen. Kundschafter des Sternenbundes melden von dort in letzter Zeit vermehrt Unruhen. Die Radixe scheinen zunehmend Soldaten auszubilden und Raumschiffe zu bauen.«

»Das hört sich bedrohlich an«, sagst du nachdenklich.

»Es klingt schlimmer, als es ist«, beruhigt dich Doderlyn. »So hinterhältig die Radixe sein mögen, sie sind schlechte Krieger – was zu einem guten Teil an ihrem Körperbau liegt: Die Radixe sehen aus wie große, unsagbar fette Dachse! Da sie keine Beine haben, bewegen sie sich träge auf ihren immensen Bäuchen vorwärts.« Du musst grinsen, als du dir einen Radix vorstellst, doch der Captain hebt mahnend den Zeigefinger. »Dennoch sind sie als Gegner nicht zu unterschätzen, wenn auch nicht im offenen Kampf«, fährt er fort. »Sie sind gemein und hinterhältig. Jeder, der Triops ansteuert, sollte gewarnt sein.«

(Notiere dir, was dir von diesen Informationen wichtig erscheint, in deinem **Bordlogbuch.**)

Möchtest du Captain Doderlyn zum Dank für sein Entgegenkommen eine Gegenleistung anbieten, geht es weiter bei **94**. Begibst du dich lieber umgehend zurück auf dein Schiff, weiter bei **6**.

18

Die Radixe können sich auf ihren runden Kugelbäuchen zwar nicht wirklich schnell bewegen, aber ihre Übermacht ist so groß, dass nicht einmal Ivy sich zwischen ihnen hindurchwinden kann. Sie ergreifen euch und bringen euch in ihre Hauptstadt, in deren Mitte sich ein prunkvoller gelber Palast erhebt. Man führt euch hinein und schiebt euch durch lange, gewundene Tunnel. Schließlich gelangt ihr in einen riesigen, unglaublichen Raum ... Weiter bei **48**.

19 Nach mehreren Stunden Flug ruft Ivy erfreut vom Navigationspult herüber: »Noch 0,7 Lichtjahre bis zum Eintritt ins Sternbild Triops!«

»Endlich«, stöhnt Brak erleichtert. »Ich dachte schon, diese Fahrt durchs Ungewisse nimmt gar kein Ende mehr. Jetzt sollte es nicht mehr allzu lange dauern, bis wir ...« Ein greller Sirenenton bringt den Androiden zum Verstummen. Auf Ivys Radarbildschirm ist urplötzlich eine formlose, hell leuchtende Wolke aus unzähligen winzigen Punkten aufgetaucht.

»Ein Meteorgewitter!«, brüllt Bobby Shock irgendwo hinter dir. »Das wird haarig. Alle Mann festhalten!«

Schon prallen die ersten Gesteinsbrocken gegen die Außenhülle der Alpha 2. Die kleinsten Bestandteile des Meteoritenschwarms sind nur so groß wie Pingpongbälle, die größten erreichen dagegen fast die Größe eures Schiffes! Wenn euch nur *einer* dieser Riesen voll trifft ... Bestimme den **Zufallsfaktor**! Liegt er bei 5 oder darunter, geht es weiter bei **15**, ist er höher, bei **85**.

20 Die Steinruine war tatsächlich einst ein Turm, aber das scheint lange her. Jetzt sind seine Überreste dicht mit Schlingpflanzen überwuchert. Du steigst die Wendeltreppe in seinem Innern empor, während Gondola dir an der senkrechten Außenwand des Turms folgt. Im zweiten Stock endet dein Aufstieg unter freiem Himmel, die Spitze des Turms liegt in Trümmern. Auf Gondolas Maunzen hin näherst du dich einem niedrigen Steinhaufen und räumst ein paar Brocken beiseite. Darunter kommt ein Skelett zum

Vorschein! Es hat offenbar einem menschenähnlichen Wesen gehört, das dir jedoch nur bis zur Schulter gereicht haben kann. Woran der Turmbewohner gestorben ist, lässt sich nicht mehr sagen. Aber in der Nähe des Skeletts findest du etwas, das wie der Reißzahn eines Tiers aussieht – eines *sehr großen* Tiers, wie du schaudernd feststellst: Der Zahn ist so lang wie ein Brotmesser! Wenn du magst, kannst du deinen Fund einstecken (notiere ihn in deinem **Bordlogbuch**), dann steigst du den Turm wieder hinunter und kehrst zum Schiff zurück. Weiter bei **5**.

21

Man gibt dir eine plumpe Pistole, die Patronen aus Hartplastik verschießt, und führt dich in die Arena. Unter dem Jubel Tausender Shmadrugalen öffnet sich am entgegengesetzten Ende ein Tor, und ein haushoher Kampfroboter rollt auf den Sand hinaus. Er sieht aus wie ein überdimensionaler Getränkeautomat, an dessen Körper zehn runde Zielscheiben befestigt sind. Auf seiner Oberseite befindet sich außerdem ein drehbares Geschütz. Man ruft dir zu, dass du versuchen sollst, sämtliche Zielscheiben mit deiner Pistole zu treffen, bevor die Maschine einen Treffer bei dir landet. Da dreht sich die Kanone des Roboters auch schon suchend in deine Richtung – der Kampf beginnt!

Erschrocken springst du beiseite, als der erste Schuss deines Gegners dicht neben dir in den Sand schlägt. Der Kampfroboter verschießt Nervenstrahlen, die große Schmerzen verursachen. Tänzelnd weichst du weiteren Schüssen aus und eröffnest deinerseits das Feuer. Die ersten zwei Scheiben triffst du ohne große Mühe. Mit einem

Klicken verschwinden sie im Innern der Maschine. Du willst erneut schießen, da stolperst du plötzlich über einen im Sand verborgenen Stein. Bestimme den **Zufallsfaktor**! Beträgt er 3 oder weniger, geht es weiter bei **83**. Ist er dagegen größer, weiter bei **110**.

22 Deine Temperatur steigt und steigt, trotz eines Allzweckmedikaments aus der Bordapotheke, das Ivy dir gibt. Schließlich spürst du, wie deine Glieder immer schwerer werden, bis du irgendwann keinen Finger mehr rühren kannst! Aber es kommt noch schlimmer: Während du in die Starre verfällst, die der Diagnosecomputer vorhergesagt hat, klagen plötzlich auch Bobby und Ivy über erhöhte Temperatur und Schwindelanfälle. Eine Stunde später kann sich an Bord der Alpha 2 außer Brak und Gondola niemand mehr bewegen! Verzweifelt begibt sich Brak mit einem Schiff voller Gelähmter auf die Suche nach einem zivilisierten Planeten, wo man euch ärztlich behandeln kann. Niemand weiß, wie lange es dauern wird, bis ihr wieder ganz gesund seid. Deine Mission ist gescheitert!

23 Es rattert leise, dann spuckt der Bordcomputer folgende Informationen zum Sternbild Triops aus:

TRIOPS – 7 BESIEDELTE PLANETEN

– 5 PLANETEN: AMOEBIX, CLATOMORES, BELKNAP, BOLGOTHAR, ZYGOG. BEWOHNT VON: RADIXEN
-> MÄSSIG INTELLIGENTE RASSE, OPTISCH AN DEN IRDISCHEN DACHS ERINNERND.

LANGJÄHRIGE POLITISCHE WIDERSACHER DES STERNENBUNDES.
ENTFERNUNG: 142.256 RAUMMEILEN, RICHTUNG: GERADEAUS

- 1 PLANET: SHMADRUGAL. BEWOHNT VON: SHMADRUGALEN -> KRIEGERISCHES VOLK VON HUNDEÄHNLICHER GESTALT UND HOHER INTELLIGENZ.
WARNUNG: ÄUSSERST AGGRESSIV!
ENTFERNUNG: 34.727 RAUMMEILEN, RICHTUNG: STEUERBORD

- 1 PLANET: MIZ'DRÛL. BEWOHNT VON: UNERFORSCHTER RASSE -> WEITGEHEND UNBEKANNT, ANGEBLICH INSEKTENARTIG UND INTELLIGENT.
ENTFERNUNG: 23.918 RAUMMEILEN, RICHTUNG: BACKBORD

»Hmm«, murmelst du ratlos. »Das vereinfacht die Entscheidung kaum.«

»Egal, wohin – Hauptsache, nicht nach Shmadrugal!«, lässt sich Brak mit einem hohlen Rasseln in der Stimme vernehmen. »Mit ›kriegerischen, aggressiven Völkern‹ ist nicht zu spaßen!«

»Diese Radixe, deren Planeten geradeaus vor uns liegen, klingen aber auch nicht sehr verlockend«, gibt Ivy zu bedenken. »›Widersacher des Sternenbundes‹ – das lässt nicht gerade auf ein warmes Willkommen hoffen ... Bliebe also noch backbord. Vielleicht sollten wir dort anfangen zu suchen?«

Die Entscheidung liegt bei dir als Captain: Willst du geradeaus fliegen, geht es weiter bei **52**. Hältst du dich backbord, weiter bei **9**. Fliegst du dagegen nach steuerbord, weiter bei **54**.

24 Die Schwindelanfälle werden stärker, und schließlich musst du dich hinlegen, weil alles vor deinen Augen zu verschwimmen beginnt. Besorgt untersucht dich Ivy mit dem Diagnosecomputer aus dem Erste-Hilfe-Labor. »Du hast eine seltene Art von Weltraumgrippe«, stellt sie ernst fest. »Die hast du dir garantiert in diesem verflixten Schiffswrack eingefangen!«

»Ist es ... schlimm?«, krächzt du heiser.

»Wie man's nimmt«, entgegnet Ivy. »Das Virus ist nicht tödlich. Aber laut dem Computer kann es dich mit etwas Pech völlig bewegungslos machen!«

Bestimme den **Zufallsfaktor**! Liegt er bei 4 oder darunter, lies weiter bei **90**. Ist er höher, weiter bei **61**. Beträgt der Zufallsfaktor exakt 10, weiter bei **22**.

25 Ihr schleicht durch dunkle, stille Straßen dahin. Rechts und links von euch werfen fremdartige Gebäude im Mondlicht unheimliche Schatten. Irgendwann ragt ein prunkvoller, gelber Palast vor euch auf. Der Vordereingang, ein großes, reich verziertes Tor, wird von einem bewaffneten Dachsposten bewacht.

»Hmm, es ist nur einer«, stellst du leise fest. »Wir könnten versuchen, ihn zu überwältigen ...«

»Ich weiß nicht.« Ivy runzelt nachdenklich die Stirn. »Das kann leicht in die Hose gehen. Warum schauen wir nicht zunächst nach, ob es nicht noch einen anderen, ungefährlicheren Weg in den Palast gibt?«

»Prima Idee«, findet Brak sofort und macht Anstalten weiterzuschleichen.

Willst du tatsächlich versuchen, den Wachtposten zu überrumpeln, weiter bei **86**. Stimmst du Ivy zu und möchtest lieber nach einem anderen Weg in den Palast suchen, weiter bei **34**. Falls ihr es noch nicht getan habt, könnt ihr stattdessen die Straße auch bis zur Kreuzung zurücklaufen und euch in Richtung Raumhafen (**92**) oder Militärviertel (**103**) halten.

Du hast Pech: Da du keinen Mechaniker mehr an Bord hast, der das Anti-Grav-Modul wieder aus der Alpha 2 ausbauen könnte, kannst du dein Angebot an Prinzessin Xiphazoxoxl nicht einlösen. Die Ameisenherrscherin klappert enttäuscht mit ihren Zangen und befiehlt ihren Wachen, dich in die Brutkammern zu bringen, wo du zu Brei für die kleinen Babyameisen verarbeitet werden sollst. Dein Abenteuer endet hier. **26**

»Großartig!«, freut sich der Minister. »Ich werde euch persönlich führen!« Ihr werdet mit Schutzhelmen ausgestattet und fahrt mit K'schmorf in einem Aufzug scheinbar endlos abwärts, bis du glaubst, dich kilometertief unter der Planetenoberfläche zu befinden. Dort folgt ihr dem Minister durch unterirdische Tunnel und riesige Hallen, die von Baggern, Lastfahrzeugen und schweinshaften Grobonskianern nur so wimmeln. Das Grobonskonit, ein schmierig- **27**

schwarzes Material, das etwa die Beschaffenheit von Lehm hat, wird mit presslufthammerartigen Geräten aus dem Gestein gebrochen. Während K'schmorf vor euch her stolziert und von den modernen Fördertechniken seines Volkes schwärmt, gähnst du verhalten. Plötzlich bildest du dir ein, ein Stück voraus – hinter der rechten Tunnelwand – ein merkwürdiges, schabendes Geräusch zu hören. Hast du Ivy als Begleiterin gewählt? Wenn ja, geht es weiter bei **112**. Wenn du ein anderes Crewmitglied bei dir hast, weiter bei **97**.

Du schaltest auf höchste Beschleunigung und lenkst die Alpha 2 auf jenem Kurs von Bolgothar fort, der euch einige Stunden zuvor hergebracht hat. Doch ihr seid nicht schnell genug! Binnen weniger Minuten hat der Kampfverband der Radixe euch eingeholt und eröffnet das Feuer auf euch. Während Laserschüsse in die Außenhaut des Schiffes einschlagen, wird dir schmerzlich bewusst, dass du einen Fehler gemacht hast. Du hast zwar deine Eltern gefunden, bist aber dennoch kurz vor dem Ziel gescheitert! **28**

»Ein Sternenkreuzer namens Alpha 3?« Doderlyn runzelt die Stirn und zwirbelt seinen Schnurrbart. »Aber ja! Wir standen kurz in Funkkontakt, als wir das Sternbild Triops verließen. Das war vorgestern, ein paar Stunden, bevor unser Antrieb ausfiel. Die Alpha 3 kam uns entgegen, und wir tauschten die üblichen Informationen aus, bevor jeder seines Weges zog. An Bord deiner Eltern schien alles in bester Ordnung zu sein.« **29**

Du atmest auf. Bis hierher ist deinen Eltern also nichts zugestoßen. Nun gilt es, ihre Spur weiter zu verfolgen.

»Bevor wir auseinander gingen, warnte ich deine Eltern noch vor den Radix-Unruhen im Sternbild Triops. Ich dachte, es könnte hilfreich sein, da sie doch ebenfalls dorthin wollten.«

»Radix-Unruhen?«, hakst du nach. Weiter bei **17**.

30 »Keine gute Idee, gar keine gute Idee!« Braks besorgte Worte gehen im Heulen der Turbinen unter, als du die Alpha 2 brutal beschleunigst und todesmutig genau auf den Zerstörer zuhältst. Doch das riesige Schiff denkt gar nicht daran, euch auszuweichen! Stattdessen schwenken plötzlich die Reihen seiner Strahlwaffen herum und zielen auf euch. Dann eröffnen sie ohne Vorwarnung das Feuer! Du stürzt an die Kontrollgeräte und versuchst, dem Angriff auszuweichen. Bestimme den **Zufallsfaktor**! Beträgt er 3 oder weniger, geht es weiter bei **40**. Ist er höher, weiter bei **57**.

31 Du drehst den Kopf und stellst fest, dass Gondola in ihrem Katzenraumanzug unruhig neben dir herumzappelt. Immer wieder weist sie mit dem Kopf in Richtung der merkwürdigen Anlage, und durch das Fenster ihres Helms kannst du erkennen, dass sie drinnen ängstliche Maunzer ausstößt. Plötzlich begreifst du: Mit dem fühlerähnlichen Organ auf ihrer Stirn hat Gondola eine gefährliche Strahlung wahrgenommen, die offenbar aus dem Antriebssystem des Scooters austritt! Jetzt erst erkennst du die langen, haarfeinen Risse, die die großen Kanister überziehen wie Spinnennetze. Rasch nimmst du Gondola auf den Arm und verlässt den Maschinenraum. Nicht auszudenken, wenn ihr euch länger dort aufgehalten hättet! Ihr kehrt in die Alpha 2 zurück, wo du dem Katzenreptil vor dem Weiterflug eine Extraration Gummibärchen spendierst. Weiter bei **96**.

»Ho-ho, welch hervorragende Idee, General Mostrich!«, grunzt König Ubbo zufrieden und deutet abschließend auf Ivy. »Und das junge Mädchen bilden wir zur Hoftänzerin aus. Sie soll euren König mit ihren Darbietungen erfreuen.« **32**

Auf ein Zeichen Ubbos packen euch die Wächter und schleifen euch in die finsteren Kerkeranlagen des Palastes. Dort werdet ihr in eine feuchte Zelle eingeschlossen und müsst abwarten, ob die grässlichen Vorschläge des Generals in die Tat umgesetzt werden – oder ob ihr bis ans Ende eurer Tage Gefangene der Radixe bleibt. Deine Mission ist gescheitert.

Was genau willst du den Rechner fragen? Wie hoch er die Wahrscheinlichkeit einschätzt, dass du deine Eltern in den Tiefen des Alls aufspüren wirst (weiter bei **109**), oder was er dir über das Sternbild Triops und den Weg dorthin verraten kann (weiter bei **102**)? **33**

Lautlos schleicht ihr euch durch die Dunkelheit einmal rund um den Palast. Auf der Rückseite entdeckt Gondola ein angelehntes Kellerfenster. Als ihr es aufdrückt, erkennt ihr dahinter eine gewaltige Palastküche. Hier brodeln Suppen in badezubergroßen Töpfen, und riesige Kuchen backen in ebensolchen Öfen. Zum Glück ist gerade kein Personal anwesend! Ihr schlüpft durch das Fenster hinein und eilt durch fahl erleuchtete Flure weiter ins Innere des Palastes, auf der Suche nach dem gemeinen Anführer der Radixe. Schließlich tut sich vor euch ein ungeheurer Saal auf. **34**

Bevor euch jemand entdeckt, huscht ihr hinein und verbergt euch hinter einer hohen Steinstatue nahe der Wand. Dann seht ihr euch staunend um ... Weiter bei **48**.

35 Mit Höchstgeschwindigkeit rast ihr durchs All. Nach einer Weile – du bist unter dem beruhigenden Piepsen der Kontrollgeräte gerade ein wenig eingenickt – schreckt dich lautes Rattern und Rütteln hoch. Aus dem Augenwinkel siehst du mehrere rote Lämpchen im Kontrollpult blinken, und aus dem hinteren Bereich des Schiffes, wo der Maschinenraum liegt, dringt eine gedämpfte Sirene an dein Ohr.

»So, so – der Überlichtantrieb ist also so gut in Schuss wie nie?«, hörst du Ivy frotzeln. Du folgst ihrem Blick und siehst, wie Bobby Shock an seiner elektrischen Werkbank knallrot anläuft.

»Ich, ähh ... also, vorhin lief er einwandfrei«, stottert er. Aus den Turbinen des Schiffes dringt ein hohes Heulen. Rasch schaltest du den Überlichtflug aus und gehst auf normale Geschwindigkeit. Die Warnlämpchen verlöschen, der Flug der Alpha 2 stabilisiert sich.

»Offenbar ist die Quantenschnittpunktrestenergie-Zuleitung des Hyperantriebs übergesprungen und hat den bisektionalen Alluvialkonduktor außer Kraft gesetzt«, stellt Brak sachlich fest.

»Und was heißt das in unserer Sprache?«, erkundigt sich Ivy.

»Das heißt, mit der Überlichtgeschwindigkeit ist es erst mal Essig«, erklärt Brak und schenkt eurem Bordmechaniker einen vorwurfsvollen Blick.

»Ach, halt doch die Klappe!«, grunzt Bobby missmutig. Er greift nach seinem Lötkolben und öffnet die Luke zum Maschinenraum. »Gebt mir eine halbe Stunde, dann läuft die Mühle wieder.«

»Das wäre auch besser«, bemerkt Brak trocken. »Ohne Überlichtantrieb brauchen wir für den Rest der Strecke bescheidene 871 Jahre.«

»Bist du jetzt endlich still? Komm lieber mit nach hinten und mach dich nützlich!«

Grinsend beobachtet Ivy, wie die beiden ungleichen Gesellen durch die Luke verschwinden. Dir ist weniger nach Lachen zumute. »Hoffentlich bekommt Bobby das wieder hin«, murmelst du.

»Bobby bekommt *alles* wieder hin«, beruhigt dich Ivy. »Wenn auch manchmal nur für gewisse Zeit ...«

Wenig später ertönt die Stimme von Bobby Shock knisternd aus der Bordsprechanlage: »Leute, wir müssten mal kurz irgendwo landen. Um die Quantenschnittpunktrestenergie-Zuleitung zu justieren, muss ich alle Systeme für ein paar Minuten abschalten.«

Du blickst zu Ivy hinüber, die nickt. Auf ihrem Bildschirm ist backbord gerade ein mittelgroßer grüner Planet aufgetaucht. Willst du hier zwischenlanden, wie Bobby es wünscht, geht es weiter bei **99**. Fliegst du dagegen lieber weiter, bei **107**.

Du begibst dich zu der Adresse, die Captain Doderlyn dir **36**
genannt hat. Es handelt sich um einen Komplex von mehreren Hallen, in denen Raumschiffe repariert werden. Sei-

nen Bruder Baldwyn erkennst du auf den ersten Blick: Auch er ist groß, schlank und trägt einen buschigen Schnurrbart. Erfreut begleitet er dich zur Alpha 2 und nimmt die Kiste mit dem Ersatzteil entgegen. Zum Dank bietet er an, dein Schiff wieder in Ordnung zu bringen. (Falls die Alpha 2 in einem Meteorgewitter beschädigt wurde, kannst du dir eine Notiz ins **Bordlogbuch** machen, dass nun wieder alles funktioniert.) Anschließend verabschiedet ihr euch und macht euch wieder auf den Weg ins All. Weiter bei **39**.

37 Bolgothar ist der größte Planet des Sternbildes Triops und offenbar dicht besiedelt. Während du überlegst, wo du am besten landen könntest, fängt das Funkgerät plötzlich Fetzen eines Gesprächs auf, das offenbar von zwei Funkstationen am Boden des Planeten aus geführt wird. Folgende Brocken kannst du verstehen:

»... keine Bedenken zu haben, Feldmarschall As'Pik! Wenn der Sternenbund erst erfährt, dass wir zwei seiner Ordnungsbewahrungsbeamten als Geiseln gefangen halten, wird er sich hüten, König Ubbo anzugreifen! Außerdem verhindert das schwarze Loch, das sich nicht weit hinter Bolgothar aufgetan hat, jeden groß angelegten Flottenangriff auf diesen Raumsektor.«

»Ihr habt Recht, General Mostrich. Und wenn das Schiff der beiden – Astra III, oder wie es heißt – erst demontiert ist und wir es untersucht haben, können wir endlich selbst moderne Waffen und Antriebe bauen. Dann kann uns niemand mehr Widerstand entgegensetzen!«

Das Gelächter der beiden Sprecher geht in prasselndem Knistern unter, als das Funkgerät die Frequenz des Gesprächs wieder verliert. Wie versteinert starrst du auf den vor dir liegenden Planeten, während deine Crew hinter dir erschrocken den Atem anhält. Nun ist die Sache klar: Die aufrührerischen Radixe haben deine Eltern gekidnappt und halten sie als politische Geiseln gefangen!

Du knirschst vor Wut mit den Zähnen, als du Kurs auf Bolgothar nimmst.

»Wenn wir die Seite des Planeten ansteuern, auf der gerade Nacht herrscht«, schlägt Ivy vom Navigationspult aus vor, »haben wir bessere Chancen, unentdeckt zu landen!«

»Keine gute Idee!«, ruft Brak sofort. »Eine Landung bei Nacht birgt zu viele Risiken!«

Wirst du die Tagseite des Planeten ansteuern, weiter bei **72**. Näherst du dich lieber im Schutz der Dunkelheit, weiter bei **2**.

Während des Landeanflugs auf den großen, braunen Pla- **38**
neten nimmt Ivy eine Radarortung vor. Diese zeigt große Ballungen von Energie und Bewegung, wahrscheinlich Städte. Ivy schlägt vor, in der Nähe einer davon zu landen.

Gesagt, getan. Als du wenig später durch die Luftschleuse ins Freie trittst, erwartest du, eine große Siedlung zu erblicken. Doch dich erwartet – nichts! Vor deinen Augen erstreckt sich eine endlose, orange-braune Wüste ohne das geringste Anzeichen von Leben. In der Ferne ragen einige spitze Gebilde in den roten Himmel empor, die an riesige Tropfsteine erinnern. Verwirrt verlässt du das Schiff, um nach den Bewohnern des Planeten Ausschau zu halten. Nach einer Weile erreichst du die hohen Spitzen, die ganz aus Sand bestehen. Als du näher trittst, öffnet sich plötzlich ein Tor in einem der Kegel, und Dutzende schwarz glänzende Kreaturen strömen ins Freie. Sie sind etwa so groß wie Pferde, aber als du genauer hinschaust, erkennst du dünne, gepanzerte Beine und messerscharfe Kieferzangen – du hast es mit riesigen Ameisen zu tun!

Die Insekten ergreifen dich und zerren dich durch das Tor hinab in ein unüberschaubares Gewirr aus Tunneln und Hallen. Dir wird klar, warum du von den georteten Städten nichts sehen konntest – sie liegen unter der Oberfläche des Planeten!

Man bringt dich in einen runden Saal. Dort liegt auf einer Erhebung aus Sand und reich bestickten Teppichen eine aufgequollene Ameise von der Größe eines Elefanten. Auf ihrem Kopf sitzt ein winziges silbernes Prinzessinnenkrönchen, und um ihren Körper sind unzählige glitzernde Schmuckketten gewunden. Als sie mit ihren Kieferzangen klappert, übersetzt dir dein Sprachumwandler knisternd ihre Worte: »Oh, fein!«, ruft sie entzückt. »Besuch von fernem Stern! Gewiss mit einem Begrüßungsgeschenk für Prinzessin Xiphazoxoxl!« Verzweifelt durchwühlst du deine Besitztümer. Was willst du der Ameisenprinzessin als Geschenk anbieten (sofern du es besitzt): ein Silberamulett an einer Kette mit einem schwarzen Stein darin (weiter bei **46**), einen riesigen dolchartigen Zahn (weiter bei **100**) oder ein Anti-Grav-

Modul (weiter bei **95**)? Hast du nichts davon oder willst ihr nichts schenken, weiter bei **105**.

39

Ihr lasst die Raumstation Sansybar-Syx hinter euch und steuert mitten hinein ins Sternbild Triops. Vom Bordcomputer wisst ihr, dass es aus sechs Sternen mit insgesamt 31 Planeten besteht. Doch welchen Kurs willst du einschlagen?

»Backbord liegt eine Sonne, von deren Planeten laut Radarabtastung mindestens einer bewohnt ist«, liest Ivy von ihrem Navigationsschirm ab. »Von einer weiteren, violetten Sonne auf steuerbord sind wir noch zu weit entfernt für eine Analyse. Keine Ahnung, ob dort etwas lebt.«

»Die Vielzahl der Risiken verlangt nach dem überlegenen Verstand einer künstlichen Intelligenz«, schnarrt Brak. »Ich bin dafür, den Bordcomputer um Rat zu fragen!«

Möchtest du tun, was Brak vorschlägt, und den Bordcomputer befragen, geht es weiter bei **23**. Steuerst du lieber in das backbord gelegene, belebte System, weiter bei **9**. Hältst du dich dagegen steuerbord, um die Planeten der violetten Sonne zu untersuchen, weiter bei **54**.

40

Im letzten Moment gelingt es dir, die Alpha 2 herumzureißen! Haarscharf zischen die Strahlenbündel aus den Kanonen des Zerstörers über euch hinweg. Du schaltest die Turbinen auf volle Leistung und rast davon, wobei du eine weite Kurve fliegst, um später auf deinen ursprünglichen Kurs zurückzukehren.

Als der Zerstörer weit genug hinter euch liegt, drosselst du die Geschwindigkeit und siehst dich in der Zentrale um. Das abrupte Flugmanöver hat die Inneneinrichtung ganz schön durcheinander gewirbelt – mitsamt deiner Crew! Stöhnend kommt Ivy aus einer Ecke gekrochen, in die sie geschleudert wurde, Brak untersucht missmutig eine Delle, die er beim Sturz mit seiner stählernen Schulter an der Luke zum Maschinenraum verursacht hat. Bobby Shock reibt sich die Stirn, wo eine dicke Beule im Entstehen begriffen ist. Nur Gondola scheint von dem Chaos nicht sonderlich beeindruckt zu sein. Sie hoppelt träge über den Boden und sammelt in ihren Backentaschen die verstreuten Kaubonbons wieder ein.

»*Super* Aktion, Captain«, bemerkt Ivy ironisch. »Erinnere mich bitte daran, dass *ich* mich das nächste Mal um fremde Schiff kümmere, wenn wir welchen begegnen!«

Mit hochrotem Kopf gehst du wieder auf Kurs. Weiter bei **19**.

41 Du nimmst per Funk Kontakt zum obersten Schürfbüro auf, der wichtigsten Verwaltungsstelle auf Grobonski. Der Minister des Planeten, ein gewisser K'schmorf, hat nichts dagegen, dass du seinen Planeten besuchst. Wenig später setzt du die Alpha 2 sanft auf dem Landefeld eines großen Raumhafens auf. Riesige Frachtschiffe werden über lange Förderbänder mit Grobonskonit beladen und brechen damit in die entlegensten Winkel des Alls auf.

Wähle eine Begleitperson aus deiner Crew (mach dir in

deinem **Bordlogbuch** eine entsprechende Notiz) und besuche den Minister in seinem Büro. Weiter bei **55**.

Bei einigen vorüberlaufenden Mechanikern erkundigst du **42**
dich nach den Preisen für Schiffsreparaturen. Als sie dir sagen, was ein Austausch eurer Steuerdüse kosten würde, die im Meteorgewitter beschädigt wurde, musst du schlucken: So viel Geld hast du in deinem ganzen Leben noch nicht besessen! Niedergeschlagen kehrst du zu deiner Crew zurück und verkündest, dass ihr bis auf weiteres auf Sansybar-Syx gestrandet seid. Deine Mission endet hier.

Die Suche nach dem mysteriösen Radarecho führt euch **43**
weit von eurem ursprünglichen Kurs fort. Schließlich taucht ein mittelgroßes Raumschiff vor euch auf, das antriebslos durchs All schwebt.

»Ein planetarischer Scooter der Marke *Saturnus-Motors*«, erklärt Bobby und deutet auf das Typenschild des Schiffes. »Wird seit über 70 Jahren nicht mehr hergestellt. Ein echter Oldtimer sozusagen ...«

»... der seine besten Zeiten lange hinter sich hat«, vollendet Ivy seinen Satz. »Die Außenhülle ist voller Beulen und Löcher – jede Wette, dass das Schiff mal in ein Meteorgewitter geraten ist.«

»Ich fände eine nähere Untersuchung angebracht«, erklärt Bobby und reibt sich die Hände. »So eine Rarität kriegt man schließlich nicht alle Tage zu sehen.«

»Keinesfalls! Wir sollten weiterfliegen«, erklärt Brak

missmutig. »Der Umweg hat uns schon genug Zeit gekostet!«

Möchtest du das Wrack untersuchen, geht es weiter bei **101**. Ziehst du es vor, ohne zusätzliche Verzögerung weiterzufliegen, weiter bei **96**.

44 Ein heller Schrei gellt plötzlich durch den Thronsaal. Dann schwingt ein undeutlicher Schemen an einem der riesigen Kronleuchter quer durch den Raum und stößt den plumpen König Ubbo hintenüber von seinem Thronpodest. Als die Gestalt eures Retters neben dem Thron zum Stehen kommt, erkennst du, um wen es sich handelt: Es ist Ivy! Offenbar ist sie euch nach ihrer Flucht unentdeckt zum Palast gefolgt. Ihr reißt euch von den verdatterten Dachswächtern los und rennt hinter Ivy her einen schmalen Korridor entlang, der euch tiefer in den Palast führt. Nach etlichen Kreuzungen und Treppen sieht es so aus, als hättet ihr eure Verfolger abgehängt! Ihr findet euch in einem dämmrig beleuchteten Kellergeschoss wieder ... Weiter bei **98**.

45 Du näherst dich der grünen Wand und machst einige Schritte ins Unterholz hinein. Hier ist es viel düsterer als auf der Lichtung, die Dächer der Urwaldriesen schirmen fast alles Sonnenlicht ab. Armdicke Lianen hängen von den Stämmen, der Boden ist feucht und schwammig. Du gehst weiter, als du plötzlich erneut den Eindruck hast, dass die Erde unter deinen Füßen bebt. Ein dumpfes, rhythmisches Geräusch, das sich langsam zu nähern scheint – Schritte! Verunsichert siehst du dich nach Gondola um, doch das Katzenreptil ist bereits maunzend zurück auf die Lichtung gelaufen. Du willst ihr gerade folgen, da hörst du auf einmal hohe, entsetzte Schreie. Dann brechen direkt vor dir drei kleinwüchsige Gestalten aus dem Dickicht und rennen in panischer Hast an dir vorbei. Sie reichen dir bis zur Schulter, haben grünbraune Haut und tragen Röcke aus Pflanzenblättern. Verwirrt blickst du ihnen nach, als dir dämmert, dass die drei bestimmt einen guten Grund zum Weglaufen haben! Du setzt dich eilig in Bewegung, doch die dumpfen Schritte sind mittlerweile so nahe, dass die Vibrationen des Bodens dich straucheln lassen – du stürzt! Als du aufblickst, ist das Letzte, was du siehst, ein riesiges, weit aufgerissenes Maul voller dolchartiger Zähne, das sich durch das Blätterdach zu dir herabsenkt! Dein Abenteuer ist zu Ende.

Die Insektenaugen der Prinzessin beginnen zu leuchten, 46
als sie das Schmuckstück vom Planeten Grobonski sieht. »Oh, welche Pracht!«, ruft sie begeistert und hängt sich das Amulett an der Kette zu den anderen Klunkern um ihren dicken Hals. »Besucher von fernem Stern ist nun unser Freund! Wie können wir danken?«

Zögernd erzählst du der Ameisenprinzessin von deiner Suche nach deinen Eltern und deinem Verdacht, dass sie irgendwo im Sternbild Triops verschollen sind. Die Herrscherin nickt heftig und klickt mit ihren Zangen.

»Bestimmt Radixe haben damit zu tun«, ruft sie ärgerlich. »Radixe sind gemeines und hässliches Volk, wir sie hassen! Sicher sie haben deinen Eltern etwas angetan.« Sie greift in ein verstecktes Fach auf der Rückseite ihres Podests und streckt dir ein zusammengerolltes Pergament hin. »Dies nimm als Dank für kostbares Geschenk. Vielleicht es dir gegen üble Radixe von Nutzen sein kann?« Auf dem Pergament befindet sich ein Lageplan, der einen verzweigten Irrgarten darstellt. Die Schriftzeichen ringsherum kannst du nicht entziffern, das einzige Symbol, das dir bekannt vorkommt, sieht aus wie die Zahl 70. Du weißt zwar nicht recht, wofür die Karte gut ist, aber du steckst sie dankend ein. (Mach dir eine Notiz in deinem **Bordlogbuch**.) Dann verabschiedest du dich von Prinzessin Xiphazoxoxl und kehrst zur Alpha 2 zurück, um nach **52** weiterzufliegen.

47 Du landest die Alpha 2 auf dem kleinen Planeten. Nachdem du in Begleitung von Ivy und Brak das Schiff verlassen hast, stellst du fest, dass er tatsächlich stark an die Erde erinnert. Ihr wandert eine gute Stunde durch eine grasbewachsene Steppenlandschaft, ohne auf Zeichen von Leben zu stoßen. Als ihr gerade umkehren wollt, tauchen wie aus dem Nichts mehrere Dutzend gebückte, knabengroße Gestalten vor euch auf. Ihre muskulösen Körper stecken in römisch aussehenden Rüstungen, und auf ihren Schultern sitzen längliche Köpfe, die an Kampfhunde erinnern. Sie sind mit Schwertern und Peitschen bewaffnet. Euch bleibt nichts anderes übrig, als ihnen zur nächsten Siedlung zu folgen.

Auf dem Weg erfahrt ihr, dass ihr auf dem Planeten

Shmadrugal gelandet seid. Ein besonders muskulöser Shmadrugale, der sich als »Gladiatorenmeister« bezeichnet, erklärt, dass euch die Ehre zuteil werde, an den »großen Spielen von Shmadrugal« teilnehmen zu dürfen. Was darunter zu verstehen ist, erfahrt ihr nur zu schnell: Man bringt euch zu einer riesigen Arena, deren Ränge über und über mit hundsköpfigen Shmadrugalen gefüllt sind. Dort werdet ihr in eine enge Kammer unter der Erde gesteckt. Irgendwann erscheint der Gladiatorenmeister und befiehlt, dass einer von euch sich der Prüfung »Scharfes Auge und sichere Hand« stellen müsse, einer ebenso gefährlichen wie anstrengenden Disziplin der Spiele. Wer von euch wird das tun: du selbst (**21**), Brak (**58**) oder Ivy (**4**)?

Der Thronsaal des Königs der Radixe ist riesig: Du hast noch nie einen Raum gesehen, der es von der Größe mit einem Fußballfeld hätte aufnehmen können! Am entfernten Ende ragt auf einem Podest ein gewaltiger goldener Thron mit einer langen, flachen Rampe auf der Vorderseite empor. Atemlos bemerkst du eine weitere Besonderheit: Der Boden des Saals besteht vollständig aus dicken, getönten Glasplatten. Darunter kannst du ein in den steinernen Boden gehauenes Labyrinth erkennen! Unzählige verwinkelte Korridore ziehen sich dort in geometrischen Mustern hin. Als du genauer hinschaust, entdeckst du an mehreren Stellen grässliche, vielarmige Monster, die sich im Schatten der Stollen winden! **48**

Auf halber Höhe der Thronrampe steht König Ubbo, ein besonders fetter Dachs mit einer protzigen Krone und

einem roten Herrschermantel. Er scheint euch nicht bemerkt zu haben und ist in ein Gespräch mit einem zweiten Dachs in Militäruniform vertieft, der neben dem Podest steht.

»Mein Befehl bleibt bestehen, General Mostrich: Haltet die beiden Gefangenen streng unter Verschluss. Sie werden uns noch von Nutzen sein, wenn es darum geht, dem Sternenbund unseren Willen aufzuzwingen.«

»Keine Sorge, Majestät«, entgegnet General Mostrich energisch. »Die beiden Ordnungsbewahrungsbeamten sitzen sicher in ihrer Zelle im Herzen Eures großartigen Labyrinths. Niemand ist je von dort entkommen!«

»Schön, schön, General«, murmelt König Ubbo und dreht sich träge in eure Richtung. Seid ihr als Gefangene hierher gekommen? Wenn ja, geht es weiter bei **62**. Seid ihr dagegen freiwillig hier und befindet euch in einem Versteck, weiter bei **106**.

49

»Auf direktem Weg zum Sternbild Triops!«, bestimmst du. Brak stöhnt leise auf, aber Ivy ermittelt bereits an den Navigationsgeräten die erforderlichen Koordinaten und programmiert den Autopiloten. Gondola assistiert euch schnurrend von der Lehne deines Pilotensessels aus, während sie sich genüsslich den gesamten Bordvorrat an Schokoriegeln einverleibt.

»Das Sternbild Triops befindet sich etwas über sieben Lichtjahre von unserer jetzigen Position entfernt«, erklärt Ivy. »Wenn uns der Überlichtantrieb nicht im Stich lässt, sollten wir in ein paar Stunden dort sein.«

Bobby Shock, der am anderen Ende der Zentrale an seiner elektrischen Werkbank sitzt und konzentriert an irgendetwas herumlötet, wirft einen beleidigten Blick über seine Schulter. »Der Überlichtantrieb war seit dem Bau dieses Raumschiffs noch nie in besserem Zustand als jetzt«, behauptet er.

Du siehst zu, wie die weißen Lichtpunkte der Sterne schneller und schneller an euch vorbeizischen, bis sie wie dünne, scheinbar unbewegliche Lichtlanzen wirken … Weiter bei **35**.

50 »Alles klar, Captain«, ertönt Bobbys Stimme aus dem Lautsprecher. »Alpha 2 ist wieder startbereit!« Aufatmend lässt du dich in deinen Pilotensessel fallen und startest die Turbinen. Dann lässt du das Schiff von der Planetenoberfläche abheben – keine Sekunde zu früh, wie dir ein entsetztes Quieken von Gondola hinter deinem Rücken verrät! Du drehst dich um und folgst ihrem Blick durch das Bullauge. Am Rand der Lichtung ist ein haushohes, dinosaurierartiges Monstrum aufgetaucht! Mit schnappenden Kiefern läuft es auf zwei muskulösen Hinterbeinen hinter euch her. Doch die Alpha 2 ist zu schnell! Sekunden später ist die tobende Riesenechse nur noch ein kleiner Punkt in der grünen Fläche, die unter euch zurückbleibt.

Verschwitzt und ölverschmiert kehrt Bobby aus dem Maschinenraum zurück, gefolgt von Brak. »So. Diesmal hält der Apparillo aber, das schwöre ich euch!«

»Eine typisch menschliche, mathematisch kaum belegbare Behauptung«, kommentiert Brak trocken.

»Hey, Captain«, murmelt Ivy, die jetzt wieder angespannt auf ihren Ortungsbildschirm schaut. »Ich habe hier ein Radarecho, das von einem kleinen, metallischen Objekt zu stammen scheint. Könnte ein Raumschiff oder ein Satellit sein. Liegt aber ein ganzes Stück abseits unseres Kurses.«

»Vielleicht die Alpha 3?«, vermutet Bobby aufgeregt. »Möglicherweise hatten sie ein technisches Problem und ...«

»Das ist nahezu auszuschließen«, quäkt Brak dazwischen. »Die Alpha 3 ist ein Sternenkreuzer der Q-Klasse. Diese Schiffe *haben* keine technischen Probleme!«

Wenn du dem geheimnisvollen Signal auf den Grund gehen willst, lies weiter bei **43**. Möchtest du dagegen mit Überlichtgeschwindigkeit auf euren Kurs zurückkehren, geht es weiter bei **13**.

51

Du drehst den Kopf und stellst schockiert fest, dass dein Begleiter mit schmerzverzerrtem Gesicht wild um sich schlägt! Bevor du dich um ihn kümmern kannst, ergreift plötzlich ein unerklärlicher Schwindel von dir Besitz. Dir wird sterbenselend zumute. Während deine Gliedmaßen in schmerzhaften Krämpfen umherzucken, bemerkst du die langen, haarfeinen Risse auf der Oberfläche der tonnenförmigen Container. Eine unbekannte Strahlung ist aus den Reaktoren des Planetenscooters ausgetreten und hat den Maschinenraum verseucht – mitsamt dir und deinem Begleiter! Ohne Aussicht auf Hilfe haucht ihr an Bord eines fremden Schiffes euer Leben aus. Dein Abenteuer ist zu Ende.

52

Nachdem ihr eine Weile durch das Sternbild Triops geflogen seid, kommt vor euch eine grüne Sonne in Sicht, um die neun Planeten kreisen. Die fünf mittleren sind, wie Ivy mit einem Blick auf die Sternkarten feststellt, die von den Radixen bewohnten: Amoebix, Clatomores, Belknap, Bolgothar und Zygog. Du willst gerade überlegen, was nun zu tun ist, als plötzlich der Hauptbildschirm der Alpha 2 aufblitzt und eine seltsame Gestalt darauf erscheint: Sie sieht aus wie ein extrem fetter, mannsgroßer Dachs mit schwarzem Fell, steckt jedoch in einer militärisch-grünen

Uniform. Als du genauer hinsiehst, stellst du fest, dass das Wesen keine Hinterbeine besitzt und auf seinem immensen Kugelbauch steht.

»*Hier spricht General Mostrich, Oberbefehlshaber der Vereinigten Radix-Streitmächte!*«, schnarrt es aus dem Lautsprecher. »*Ich rufe die Eindringlinge an, die unerlaubt in unser Sonnensystem eingedrungen sind. Wer immer ihr seid – KEHRT UM, ihr habt hier nichts verloren! Das Königreich Radix ist auf Befehl unseres allmächtigen Königs, des göttlichen Ubbo, militärisches Sperrgebiet. Wer unsere Weisungen missachtet, wird ausgelöscht! Ende der Durchsage.*« Zackig hebt der Dachs eine Pfote an die Krempe seiner Militärmütze. Dann verschwindet er vom Monitor.

»Hmm«, murmelst du. »Da hat anscheinend jemand etwas zu verbergen ...«

»Sehe ich genauso«, stimmt Ivy aufgebracht zu.

»Falls diese Dachs-Typen tatsächlich etwas mit dem Verschwinden deiner Eltern zu tun haben, sollten wir umgehend ihren Zentralplaneten ansteuern, wo dieser komische König haust!«, ergänzt Bobby.

Wenn du weißt, wie der Zentralplanet der Radixe heißt, kannst du ihn direkt ansteuern. Falls nicht, musst du es auf gut Glück versuchen. Fliegst du nach

– Amoebix? (**16**)
– Clatomores? (**63**)
– Belknap? (**108**)
– Bolgothar? (**37**)
– Zygog? (**74**)

»Wir nehmen den Umweg über Bendix II«, bestimmst du.

»Eine weise Entscheidung«, rasselt Brak erleichtert.

Ivy ermittelt an den Navigationsgeräten die erforderlichen Koordinaten und programmiert den Autopiloten. Gondola beobachtet alles von der Lehne des Pilotensessels aus, während sie sich nach und nach den gesamten Schokoriegel-Vorrat des Schiffes schmecken lässt.

»Wenn der Überlichtantrieb mitspielt, wird uns der Schlenker nur etwas über zwei Stunden zusätzlich kosten«, erklärt Ivy.

»Wieso sollte der Überlichtantrieb *nicht* mitspielen?«, erkundigt sich Bobby Shock beleidigt aus dem Hintergrund. »So gut in Schuss wie jetzt war dieses Schiff nicht einmal, als es noch neu und glänzend im Laden stand!«

Du hörst den Kabbeleien der beiden nur mit halbem Ohr zu. Auf dem Monitor ist backbord eine rote Sonne in Sicht gekommen, um die ein großer schwarzer Planet kreist. Der Radarortung zufolge gibt es dort intelligentes Leben.

»*Mörrr*«, bemerkt Gondola interessiert, die es sich mit ihren Saugnäpfen in Kopfhöhe an der Wand bequem gemacht hat. Du siehst sie fragend an, dann dämmert dir, was sie meint: Vielleicht haben deine Eltern ja ebenfalls diesen Kurs eingeschlagen?

Wenn du auf dem schwarzen Planeten landen möchtest, um zu überprüfen, ob sie hier durchgekommen sind, geht es weiter bei **88**. Möchtest du lieber ohne Zeitverzug weiterfliegen, weiter bei **65**.

54 Du hältst dich steuerbord. Bald erreicht ihr die violette Sonne mit ihren acht Planeten. Als ihr nahe genug für eine Radarabtastung seid, zeigt sich, dass auf einem einzigen der acht, einem kleinen Planeten, um den mehrere Monde kreisen, erdähnliche Bedingungen herrschen. Möchtest du hier landen und dich umsehen, geht es weiter bei **47**. Wenn du weiterfliegen willst, weiter bei **52**.

55 Die Bewohner des Planeten Grobonski erinnern an dicke, aufrecht gehende Schweine. So auch Minister K'schmorf: Fett und borstig sitzt er hinter einem massigen Schreibtisch aus Felsgestein, bekleidet mit einem altmodischen braunen Anzug. Als ihr sein Büro betretet, erhebt er sich und begrüßt euch herzlich. »Wir bekommen hier auf Grobonski nicht oft Besuch«, erklärt er. »Ab und zu landen Aufseher des Sternenbundes, die die Qualität unseres Grobonskonits oder die Sicherheitsbestimmungen in den Minen kontrollieren, aber nur ganz selten.« Er lächelt, so dass zwei lange, gebogene Hauer in seinem Unterkiefer sichtbar werden. »Umso mehr freue ich mich, wenn junge Menschen sich für unsere Arbeit interessieren! Ihr seid sicher gekommen, um euch unsere großartigen Förderanlagen anzusehen, stimmt's?«

»Na ja ...« Du wirfst deinem Begleiter einen skeptischen Seitenblick zu. Irgendwie glaubst du nicht, dass der dicke Minister euch etwas über den Verbleib deiner Eltern erzählen kann. Willst du es dabei bewenden lassen und seinem Vorschlag einer Führung zustimmen, damit eure Landung hier nicht völlig umsonst war, weiter bei **27**. Lehnst du ab und erkundigst dich trotz deiner Vorahnung, ob K'schmorf etwas über das Verschwinden deiner Eltern weiß, weiter bei **91**.

56

»Nicht verzagen – Bobby fragen!«, sagt Bobby zuversichtlich und rät dir, kurz über dem Planeten zu kreisen. Mit fliegenden Fingern macht er sich an seiner elektrischen Werkbank zu schaffen. Ein paar Minuten später kehrt er mit einem Gerät zurück, das aussieht wie ein Helm mit einem angeschweißten Feldstecher auf der Vorderseite. »Hab ich aus einer Salatschüssel und etwas Elektroschrott gebastelt«, erklärt er grinsend. »Es verstärkt kleinste Lichtreste und lässt dich im Dunkeln sehen. Gib Acht!« Er setzt dir den Helm auf und schaltet ihn ein. Durch den Feldstecher kannst du die Planetenoberfläche draußen plötzlich so deutlich erkennen, als hätte jemand einen starken grünen Scheinwerfer darauf gerichtet. Mühelos gelingt dir die Landung in der Nähe der Hauptstadt der Radixe.

Kurze Zeit später schleichst du dich mitsamt deiner Crew über eine totenstille Straße in die schlafende Stadt. Im fahlen Licht zweier winziger Monde erkennt ihr ringsum sonderbar geformte Gebäude. In der Stadt der beinlosen Dachse scheint es keine Treppen zu geben. Höher gelegene Hauseingänge und Plätze sind ausschließlich über Rampen zu erreichen. Nach einer Weile gelangt ihr, noch immer unentdeckt, an eine große, finstere Kreuzung, und du musst dich entscheiden, wohin ihr gehen wollt: Ein Wegweiser verkündet, dass die Straße geradeaus zum PALAST führt (weiter bei **25**), die linke zum RAUM-

HAFEN (weiter bei **92**) und die rechte zu den MILITÄR-UNTERKÜNFTEN (weiter bei **103**).

57 Eine immense Explosion reißt die Alpha 2 herum, als der erste der Laserschüsse einschlägt. Das Schiff kippt zur Seite, Warnsirenen beginnen zu heulen, und auf den Monitoren flammen rote Lämpchen auf. Der zweite Schuss trifft die Antriebsdüsen! Die Explosion, mir der euer Überlichtantrieb in die Luft geht, zerreißt die Alpha 2 wie einen Ballon. Eine äußerst unbedachte Idee, sich mit einem Zerstörer der Klasse Y anlegen zu wollen!

58 Brak muss in der voll besetzten Arena gegen einen haushohen Kampfroboter antreten! Er erhält eine winzige Pistole, mit deren Plastikmunition er zehn am Körper des Kolosses befestigte Zielscheiben treffen muss, während sein Gegner versucht, ihn mit einer Strahlwaffe unschädlich zu machen. Da Brak bei diesem Wettkampf niemandem etwas zuleide tun, sondern lediglich auf Zielscheiben schießen muss, ist er voll in seinem Element: Ohne Probleme trifft er eine Scheibe nach der anderen und weicht gleichzeitig mit unglaublicher Geschicklichkeit den Schüssen des Kampfroboters aus. Schließlich schießt er die letzte Scheibe ab. Der Kampfroboter deaktiviert sich ratternd! Unbändiger Jubel bricht aus, und zusammen mit Ivy werden Brak und du aus der Arena, zum Anführer der Shmadrugalen, gebracht. Weiter bei **93**.

Du legst den Steuerknüppel um und steuerst die Alpha 2 mit Höchstgeschwindigkeit um den Planeten Bolgothar herum und auf jene Stelle zu, die dein Vater dir genannt hat. Bereits wenige Minuten später könnt ihr das schwarze Loch vor euch erkennen: Es sieht aus wie ein langsam rotierender Strudel aus absolutem, undurchdringlichem Schwarz. Während du darauf zuhältst, stößt dein Vater an deiner Seite plötzlich ein entsetztes Keuchen aus: **59**

»Himmel! Ich habe völlig vergessen, dass die Alpha 2 nicht über ein Anti-Grav-Modul verfügt wie unser neues Schiff! Ohne dieses Computermodul kannst du den erforderlichen Mindestabstand zum schwarzen Loch nur per Hand abschätzen – und das wäre glatter Selbstmord!«

Besitzt du ein Anti-Grav-Modul, dann ist jetzt der Zeitpunkt, es zu aktivieren: Gehe zu dem Abschnitt, der seinem Zahlencode entspricht!

Hast du kein solches Gerät, kannst du entweder versuchen, den gefährlichen Kurs per Hand zu steuern (weiter bei **89**) oder den Radixen auf einem harmloseren Kurs zu entwischen (**28**).

Heute ist nicht euer Glückstag! Nach einer kurzen Beratung mit seinen Männern beschließt Captain Ragoridus, die Besatzung der Alpha 2 als Sklaven gefangen zu nehmen, bevor er das Schiff nach Schätzen durchsucht und anschließend in die Luft sprengt. Unter Waffengewalt werdet ihr auf den Kampfjet der Octobalden gebracht und in eine winzige, fensterlose Zelle gesperrt. Was auch immer die Raumpiraten mit euch vorhaben – deine Suche **60** hat hiermit auf jeden Fall ein unglückliches Ende gefunden!

61 Du schluckst ein Allzweckmedikament gegen Weltraumviren aus der Bordapotheke. Nach einer Weile geht es dir besser: Deine Temperatur sinkt, dein Hals schwillt ab. Du willst gerade mit neuer Frische in deinen Pilotensessel zurückkehren, da fällt dein Blick auf Bobby. Schwitzend und mit gerötetem Gesicht hockt er auf seinem Stuhl. Ivy untersucht ihn und stellt die Diagnose: Bobby hat sich bei dir mit der Weltraumgrippe angesteckt! Sie gibt auch ihm das Medikament, doch rasch wird deutlich, dass es bei ihm nicht anschlägt – seine Temperatur steigt immer weiter! Schließlich passiert, was der Diagnosecomputer vorausgesagt hat: Bobby verfällt in totale Starre und kann keinen Finger mehr rühren! Er braucht dringend ärztliche Hilfe. Du hoffst, dass ihr rasch Gelegenheit haben werdet, ihn behandeln zu lassen. Notiere in deinem **Bordlogbuch**, dass Bobby erkrankt ist, dann setze deinen Flug nach **87** fort.

62 Als König Ubbo euch, umringt von Soldaten, am Eingang des Thronsaals erblickt, bricht er in hämisches Gelächter aus. »Ach ja, unsere jungen Gäste«, gackert er und lässt sich schwer auf seinen Goldthron plumpsen. »Seht nur, General Mostrich: noch mehr Geiseln als Druckmittel gegen den widerlichen Sternenbund!«

Dich überkommt eine unbändige Wut. Du reißt dich von deinen Bewachern los und trittst vor den Herrscher.

»Lass augenblicklich meine Eltern frei, du Fettkloß, sonst wird es dir Leid tun!«, rufst du erbost. Doch der König kichert nur vor sich hin, während dich die Wachen von neuem packen.

»Ein wenig aufbrausend, unser junger Besucher! Was können wir wohl dagegen tun, General Mostrich?«

»Nun, Majestät ...« Der General deutet grinsend auf Brak und Gondola. »Ich denke, wenn Ihr seinen Androiden in die Schrottpresse werft und das Eidechsenreptil am Spieß bratet, dürfte dieser selbst ernannte Rächer rasch etwas Anstand lernen!«

Es muss dringend etwas geschehen – aber was? Konnte Ivy vorhin dem Zugriff der Dachse entwischen? Wenn ja, weiter bei **44**, wenn nicht, bei **32**.

Du legst eine Bilderbuchlandung auf Clatomores hin. Der **63** Planet ist stark bewaldet, und vorsichtig macht ihr euch durch dichtes Unterholz auf den Weg zur nächsten Siedlung. Ihr seid noch nicht lange unterwegs, da hört ihr ganz in der Nähe das Brechen von Ästen. Dann taucht unvermittelt ein Spähtrupp von acht uniformierten Radixen vor euch auf! Sie haben riesige, gefährlich aussehende Bluthunde bei sich und sind bis an die Zähne bewaffnet. Bevor du Gelegenheit hast, eure Anwesenheit auf Clatomores zu erklären, reißen die Dachswesen ihre Lasergewehre hoch und eröffnen das Feuer auf euch! In Sekundenbruchteilen haben sie die Drohung aus dem Funkspruch ihres Generals in die Tat umgesetzt. Dein Abenteuer ist zu Ende.

64 Captain Doderlyn winkt ab. »Ich weiß dein Angebot zu schätzen, aber unsere eigenen Techniker arbeiten bereits mit Hochdruck an dem Problem. Jede weitere Person im Maschinenraum wäre nur hinderlich.« Weiter bei **6**.

65 Eine ganze Weile rast ihr mit Maximalgeschwindigkeit durchs All. Der Autopilot hält das Schiff problemlos auf dem eingestellten Kurs, und da nichts weiter zu tun ist, nickst du ein. Wenig später wirst du von Gondola geweckt, die es sich mit einer Familienpackung Kaubonbons auf deinem Schoß bequem gemacht hat. Ein Blick auf den Bildschirm zeigt dir, dass ihr soeben das Doppelgestirn Bendix II passiert: Zwei riesige, fast identische Sonnen drehen sich dort wie in Zeitlupe umeinander. Zwar gibt es laut Bordcomputer insgesamt elf Planeten, die um die beiden orangefarbenen Glutbälle kreisen, aber du bist dir ziemlich sicher, dass deine Eltern auf ihrem Weg zum Sternbild Triops hier keine Zwischenstation eingelegt haben. Gerade willst du dich wieder zurücklehnen, als ein schriller Warnton aus den Bordlautsprechern des Schiffes dringt. Der Autopilot bricht den Überlichtflug ab und drosselt die Geschwindigkeit fast auf null. Verwirrt blickst du zu Ivy hinüber.

»Radarecho direkt voraus«, erklärt sie und deutet auf den Navigationsschirm. »Ein Raumschiff, Zerstörerklasse Y. Der Autopilot hat unseren Flug abgebremst, damit wir nicht mit ihm zusammenstoßen.«

Du justierst den Ortungsbildschirm, bis du das Objekt deutlich erkennen kannst. Der Zerstörer ist etwa zehnmal

so groß wie die Alpha 2, und aus seinen Seiten ragen unzählige Strahlenkanonen hervor wie die Ruder einer Galeere. Es ist nicht zu erkennen, ob es sich um ein Volk handelt, das dem Sternenbund angehört oder nicht.

»Wir könnten sie anfunken und uns erkundigen, ob sie nicht etwas wissen, das uns auf unserer Suche weiterhelfen könnte?«, schlägt Ivy vor.

»Oh-oh, keine gute Idee!« rattert Brak im Hintergrund. »Ein objektiver Vergleich von Größe und Feuerkraft beider Schiffe lässt nur eine logische Reaktion zu: Wir sollten augenblicklich einen Ausweichkurs einschlagen!«

»Pah – die Alpha 2 braucht sich vor niemandem zu verstecken«, murmelt Bobby entrüstet vor sich hin. »Dieser Fettklops wird schon Platz machen, wenn wir ihm auf die Pelle rücken!«

Wie üblich liegt die Entscheidung bei dir: Willst du

- das fremde Schiff anfunken? Weiter bei **114**
- auf Kollisionskurs gehen, damit die Fremden euch Platz machen? Weiter bei **30**
- Einen Ausweichkurs einschlagen? Weiter bei **84**

66 Ziellos irrt ihr weiter und weiter durch König Ubbos Labyrinth. Allmählich wird dir klar, dass General Mostrich die Wahrheit gesprochen hat: Aus diesem Irrgarten ist noch nie jemand entkommen – und ihr werdet das auch nicht schaffen! Früher oder später erwischen euch entweder die Monster oder die Wachen des Königs, die euch bis an euer Lebensende in seine Kerker werfen werden. Was auch immer geschieht, deine Mission ist knapp vor dem Ziel gescheitert!

67 Oberst Lor-Nell hört sich dein Anliegen geduldig an. Dann schüttelt er mit Bedauern den Kopf. »Es tut mir Leid, aber ich habe deine Eltern nicht gesehen«, erklärt er. »Auf unserem Planeten waren sie nicht. Ich habe jedoch gehört, dass es vor wenigen Tagen im angrenzenden Raumsektor, wo die Radixe leben, zu Unruhen gekommen sein soll. Falls dieser Aufruhr etwas mit deinen Eltern zu tun haben sollte, würde ich vorschlagen, es auf dem Zentralplaneten der Radixe zu versuchen, wo ihr König wohnt. Leider habe ich vergessen, welcher ihrer fünf Planeten das ist – ich glaube, er heißt entweder Amoebix oder Bolgothar.« (Notiere dir diese Information in deinem **Bordlogbuch.**)

Du dankst dem Oberst, kehrst zur Alpha 2 zurück und verlässt den Planeten Shmadrugal. Weiter bei **52**.

68

Der Captain denkt kurz nach. »Du könntest mir tatsächlich einen Gefallen tun: Auf Sansybar-Syx, einer großen Raumstation einige Lichtjahre voraus, arbeitet mein Bruder Baldwyn. Er ist Obermechaniker des dortigen Raumhafens und wartet seit Wochen auf ein Ersatzteil, das ich ihm aus einem weit entfernten Raumsektor mitzubringen versprach. Es wird noch eine Weile dauern, bis die MS Carthago wieder flott ist, und dann steht wahrscheinlich gleich der nächste Auftrag des Sternenbundes an. Daher wäre ich dir dankbar, wenn du auf deinem Weg kurz bei ihm Halt machen und ihm das Ersatzteil bringen könntest.«

Einer seiner Soldaten bringt dem Captain eine Holzkiste voller Styroporkügelchen. Darin liegt ein kompliziertes elektrisches Gerät mit unzähligen Lämpchen und Knöpfchen. »Wofür es gut ist, weiß ich selbst nicht«, gibt Doderlyn zu. »Wichtig ist nur, dass Baldwyn sehnlichst darauf wartet, um einen Frachter wieder startklar zu machen, der auf Sansybar-Syx gestrandet ist.« Er erklärt dir, wie du die Raumstation findest. Wenn du auf ihrem Raumhafen landest und Kontakt zu Baldwyn aufnehmen willst, ziehe 40 von der Nummer des Abschnitts ab, an dem du dich gerade befindest, und lies an der entsprechenden Stelle weiter.

(Notiere dir diesen Hinweis in deinem **Bordlogbuch.**) Weiter bei **6**.

69 Es geschieht, was du gehofft hattest: Der Dachswächter schreckt hoch – und kracht mit voller Wucht gegen Braks stählerne Faust! Ohnmächtig sackt er in sich zusammen. Rasch schiebt ihr euch an ihm vorbei und betretet den königlichen Palast. Ihr durchquert endlose leere Flure und Hallen, bis sich schließlich ein ungeheurer Saal vor euch auftut. Ohne dass es jemand bemerkt, huscht ihr hinein und verbergt euch hinter einer großen Statue nahe der Wand. Dann seht ihr euch mit staunenden Augen um ... Weiter bei **48**.

70 Mithilfe der Karte, die du von der Prinzessin des Ameisenvolkes erhalten hast, gelingt es dir, sicher einen Weg ins Zentrum des verwirrenden Irrgartens von König Ubbo zu finden. Ihr gelangt in einen dämmrig beleuchteten Korridor, der auf beiden Seiten von einem guten Dutzend dicker Stahltüren gesäumt wird – *Zellentüren*! Zitternd vor Ungeduld spähst du durch die kleinen Fenster in die dahinter liegenden Räume. Einige sind leer, in anderen sitzen abgemagerte Radixgefangene. Als du die Hoffnung bereits aufgeben willst, entdeckst du in der letzten der Zellen deine Eltern! Ohne viel Federlesens reißt Brak die verschlossene Tür aus ihrer Verankerung, und wenige Augenblicke darauf könnt ihr euch endlich in die Arme schließen.

Deine Eltern erzählen, wie sie von General Mostrich in einen Hinterhalt gelockt und gefangen genommen wurden. Du berichtest ihnen im Gegenzug von deinen Abenteuern und wie du ihre Spur bis zum Planeten Bolgothar verfolgt hast. Kaum bist du fertig, drängt dein Vater darauf, von hier zu verschwinden.

»Wir haben die Gespräche der Dachswächter belauscht, die uns das Essen brachten«, verkündet er. »Offenbar gibt es hinter der nächsten Wegbiegung einen Aufzug, der in eine Wachstube im Außenbereich des Palastes hinaufführt.«

Ihr folgt dem Gefängniskorridor und findet tatsächlich den erwähnten Fahrstuhl. Wenige Sekunden später steht ihr in einer kleinen Wachstube. Zwei verschlafene Radix-Wachen erheben sich gerade rechtzeitig von ihrem Tisch, um von deinen Eltern durch zwei gezielte Kinnhaken sogleich zurück ins Reich der Träume geschickt zu werden. Kurz darauf steht ihr draußen vor dem Palast.

»Wir müssen die Alpha 2 nehmen«, erklärt deine Mutter. »Unser eigenes Schiff wird zu gut bewacht, da kommen wir nicht ran. Aber darum kann sich der Sternenbund später kümmern. Hauptsache, wir können jetzt hier weg!«

So schnell ihr könnt, eilt ihr durch die Straßen der Radixstadt, wobei es euch gelingt, Begegnungen mit weiteren Soldaten zu vermeiden. Schließlich erreicht ihr den Landeplatz, wo du die Alpha 2 abgestellt hast, und begebt euch an Bord. Du legst einen Blitzstart hin. Als ihr in die vertraute Schwärze des Alls eintaucht, willst du erleichtert aufatmen, doch ein alarmierendes Piepsen aus dem Radarpult lässt dich zusammenzucken.

»Ein Verband von Radix-Kampfkreuzern hat die Verfolgung aufgenommen! Sie kommen rasend schnell näher!«, ruft Ivy entsetzt.

»Ihre Schiffe sind zwar nicht sonderlich modern, aber mit einem alten, unbewaffneten Gleiter wie der Alpha 2 werden sie im Handumdrehen fertig«, flüstert deine Mutter ängstlich.

»Es gibt vielleicht eine Möglichkeit zu entkommen«, erklärt dein Vater zögernd. »Wenige Lichtjahre hinter Bolgothar befindet sich das schwarze Loch, wegen dem deine Mutter und ich ursprünglich in dieses System gereist sind. Wenn wir Kurs darauf nähmen und ganz knapp daran vorbeisteuerten, könnte es passieren, dass unsere Verfolger von der Anziehungskraft des schwarzen Loches erfasst und eingesaugt werden.«

»Die mathematische Wahrscheinlichkeit, dass *das* gelingt, ist so gering, dass sie nicht mehr in Zahlen darstellbar ist!«, schnarrt Brak entsetzt.

»Ach was!«, ereifert sich Bobby. »Die Alpha 2 ist viel wendiger als die schweren Maschinen der Radixe – es *könnte* klappen!«

Willst du versuchen, den verwegenen Plan deines Vaters in die Tat umzusetzen, weiter bei **59**. Erscheint dir die Sache zu riskant, und du möchtest lieber probieren, die Kampfkreuzer auf einem ungefährlicheren Kurs abzuhängen, weiter bei **28**.

71 Du verlässt die Luftschleuse des Scooters und schaust dich auf seiner Außenseite um. Am Heck, direkt neben den Antriebsdüsen, weckt eine riesige, offenbar von einem Meteoriteneinschlag herrührende Öffnung dein Interesse. Durch sie gelangst du in den Maschinenraum des Schiffes. Hier ragen große, tonnenförmige Container zur Decke empor, umgeben von einem Gewirr aus Rohren und Zylindern. So ein System hast du noch nie gesehen, und du fragst dich, welcher Rohstoff das Schiff einst mit Energie versorgt hat. Plötzlich lässt dich eine Bewegung neben dir zusammenfahren. Ist dein Begleiter Gondola? Wenn ja, geht es weiter bei **31**, wenn nicht, bei **51**.

Du landest die Alpha 2 ein Stück außerhalb einer Stadt, in der du mit dem Radar eine riesige Palastanlage ausgemacht hast. Durch eine hügelige Landschaft voller Wälder und Bäche marschierst du in Begleitung deiner Crew auf die Hauptstadt der Radixe zu. **72**

Doch offenbar ist eure Landung am hellen Tag den Bewohnern des Planeten nicht verborgen geblieben! Ihr seid keine halbe Stunde unterwegs, da taucht über euch am Himmel ein Geschwader von düsenjägerähnlichen Fluggeräten auf. Im Tiefflug werfen sie Dutzende Radixsoldaten an Fallschirmen ab! Überall um euch herum landen dicke, beinlose Dachse in Kampfmontur und kreisen euch ein. Bestimme den **Zufallsfaktor**: Liegt er bei 4 oder darunter, geht es weiter bei **14**. Ist er höher, weiter bei **18**.

Mit dem Bordfunkgerät nimmst du Kontakt zum interplanetarischen Forschungsinstitut auf Dusenia-Oxx auf. Wenig später landet ihr auf dem großen Raumhafen von Oxxota, der Hauptstadt des Planeten. Ein dusenianischer **73**

Wissenschaftler in einem weißen Kittel erscheint auf dem Landefeld und führt Ivy und dich zum Institut, während der Rest der Mannschaft im Schiff wartet.

Die Dusenianer sind ein merkwürdiges Volk: Sie haben haarlose graue Köpfe und kommen bereits mit tiefen Grübelfalten auf der Stirn zur Welt. Da sie von Geburt an stark kurzsichtig sind, laufen alle mit dicken Hornbrillen herum. Die Gehirnkapazität der Dusenianer übersteigt die menschliche um ein Vielfaches, weshalb die meisten von ihnen brillante Wissenschaftler sind. Der Sternenbund ist froh, dass sich so viele von ihnen der friedlichen Forschung verschrieben haben.

Der Wissenschaftler führt Ivy und dich in das Hauptgebäude des Instituts und weiter in das Büro von Professor Corborias. Von ihm stammt das Gutachten, das deinen Vater so beunruhigt hat.

»Es ist wahr«, sagt der Professor nach einer kurzen Begrüßung. »Ich habe das Gutachten über ein bislang unbekanntes schwarzes Loch im Sternbild Triops verfasst. Es wurde an sämtliche Ordnungsbewahrungsbeamten des Sternenbundes geschickt. Deine Eltern meldeten sich als Erste freiwillig, die Sache zu untersuchen.«

Willst du dich erkundigen, was es mit schwarzen Löchern eigentlich auf sich hat (weiter bei **11**), oder Professor Corborias fragen, was deinen Eltern zugestoßen sein könnte (weiter bei **104**)?

Schon bald nach der Landung auf Zygog stellt ihr fest, **74**
dass der Planet einen verwaisten Eindruck macht: Die Siedlungen in der Nähe eures Landeplatzes wirken verlassen, Häuser und Fabriken stehen leer. Alles wirkt verfallen und seit langem nicht mehr benutzt. In einem Gebäude, das offenbar früher als Krankenhaus diente, findet ihr Hinweise darauf, dass vor nicht allzu langer Zeit eine Krankheitsepidemie diesen Planeten heimgesucht hat. Eine ansteckende Weltraumgrippe hat dafür gesorgt, dass Zygog fast entvölkert wurde. Die letzten Überlebenden wurden nach Bolgothar umgesiedelt, den Zentralplaneten der Ra-

dixe. Sofort startest du wieder und nimmst Kurs dorthin. Weiter bei **37**.

75 Scheinbar ist dir dein Frühstück, das du daheim auf Arkadya eingenommen hast, nicht richtig bekommen. Du legst dich ein wenig hin, und nach einer Weile geht es dir wieder besser. Weiter bei **87**.

76 Der Raumhafen von Sansybar-Syx liegt auf der flachen Seite der künstlichen Stahlkugel. Du verlässt die Alpha 2 und marschierst über ein weitläufiges Landefeld aus mattem Metall. Möchtest du hier jemand Bestimmten treffen? Dann weißt du, wie du den Abschnitt errechnen kannst, wo es weitergeht. Kennst du niemanden, an den du dich wenden kannst, aber dein Schiff ist beschädigt, geht es weiter bei **42**. Ist dein Schiff funktionstüchtig, gibt es hier für dich nichts weiter zu tun. Du besteigst die Alpha 2 wieder, um nach **39** weiterzufliegen.

77 Leider misslingt dein Plan: Statt hochzuschrecken und sich an Braks schwerer Faust den Schädel anzuhauen, reißt der Radix lediglich die Augen auf. Er stößt einen gellenden Alarmschrei aus, und Sekunden später seid ihr von Dutzenden Soldaten umringt. Sie zerren euch ins Innere des Palastes und durch endlose Korridore zum Thronsaal ihres Königs. Weiter bei **48**.

78 Du tischst dem Captain eine wilde Mär auf, dass ihr Raumpiraten und du einer der gefürchtetsten interstellaren Schurken überhaupt seid. Wenn ihm sein Leben lieb sei, solle er seinen Schrottkahn augenblicklich aus dem Weg steuern.

Captain Doderlyn stutzt, dann bricht er in lautes Gelächter aus. »So seht ihr aus mit eurer Nussschale! Du machst mir Spaß, einfach köstlich!«

Möchtest du auf Kollisionskurs zu seinem Schiff gehen, um deine Drohung zu unterstreichen, weiter bei **30**. Unterbrichst du lieber rasch die Funkverbindung und bringst die Alpha 2 auf einen Ausweichkurs, weiter bei **84**.

»Ich glaube, ich habe heute meinen gütigen Tag«, verkün- **79**
det Captain Ragoridus gönnerhaft. »Ich werde euch *weder* umbringen *noch* versklaven! Ich werde lediglich alles Hab und Gut an mich nehmen, das sich an Bord dieser mickrigen Schaluppe befindet. Na, ist das ein Angebot?« Die anderen Raumpiraten brechen in übertriebenen Beifall aus, und der Captain verbeugt sich scherzhaft. Dann weist er seine Männer an, euch und das Schiff zu durchsuchen. Grob stoßen die Krakenwesen euch beiseite und beginnen, die Zentrale zu durchwühlen. Während sie alles an sich nehmen, was du auf deiner Reise bisher möglicherweise gesammelt hast (streiche alle Gegenstände aus deinem **Bordlogbuch**), wird Captain Ragoridus nicht müde, euch und die Alpha 2 zu beschimpfen und zu demütigen. Du hoffst inständig, dass dies alles rasch vorüber ist und ihr weiterfliegen könnt – da siehst du aus dem Augenwinkel, wie Brak sich in seiner Ecke bedrohlich aufrichtet! An Scharnieren klappen mächtige Strahlengeschütze aus seinen Schultern hervor, und aus seinem Multifunktionsarm

gleitet eine grünlich leuchtende Laserlanze hervor. Die fünf Krakenwesen sind nach wie vor mit der Durchsuchung beschäftigt, und der Captain betrachtet gehässig dein »veraltetes« Kommandopult. Willst du zulassen, dass Brak die gemeine Bande von hinten angreift (weiter bei **113**), oder ihn daran hindern, bevor die Piraten sein Tun bemerken (weiter bei **7**)?

80 Bereits während des Landeanflugs auf Sansybar-Syx bestellst du per Funk einen Krankentransport zum Landefeld. Mit einer Bahre wird der nach wie vor völlig bewegungslose Bobby ins Krankenhaus der Raumstation gebracht. Ihr müsst eine ganze Weile warten, bis der behandelnde Arzt euch zu sich ruft. Er teilt euch mit, dass Bobby zwar wieder gesund werden wird, dafür aber eine aufwändige und langwierige Behandlung notwendig ist. Ihr seht ein, dass Bobby wohl oder übel hier bleiben muss, und versprecht, ihn sofort abzuholen, sobald das Rätsel um das Verschwinden deiner Eltern gelöst ist. Dann brecht ihr schweren Herzens ohne ihn auf. (Notiere dir in deinem **Bordlogbuch**, dass Bobby für den Rest dieses Abenteuers nicht mehr bei dir ist.) Weiter bei **39**.

81 Schwärze umgibt euch, sobald ihr die Atmosphäre von Arkadya verlasst. Auf dem großen Zentralbildschirm vor deinem Pilotensessel kannst du mittels einer digitalen Sternenkarte die Richtung bestimmen, die das Schiff einschlagen soll.

Doch welchen Kurs wirst du wählen?

»Hatte dein Vater nicht erwähnt, dass das schwarze Loch im Sternbild Triops liegt?«, erkundigt sich Bobby Shock gemächlich. »Warum also nicht direkt diesen Raumsektor ansteuern?«

Brak hebt quietschend eine Hand. »Unüberlegte Handlungen bergen häufig ein unverantwortliches Maß an Gefahr!«

»Dann lasst uns Kontakt zum Forschungsinstitut auf Dusenia-Oxx aufnehmen«, schlägt Ivy vor. »Dort können wir zunächst ein paar Informationen über schwarze Löcher einholen.«

»Unnötig und ebenfalls zu riskant«, beschwert sich Brak ratternd.

»Dann schlag halt was Besseres vor!«, mault Ivy.

»Das tue ich auch: Nichts geht über den Rat einer ausgereiften künstlichen Intelligenz – lasst uns den Bordcomputer um Rat fragen!«

Wofür entscheidest du dich: Willst du direkt zum Triops-System starten, weiter bei **49**. Möchtest du dich zunächst an das Forschungsinstitut auf Dusenia-Oxx wenden, weiter bei **73**. Oder möchtest du den Bordcomputer befragen? Dann geht es weiter bei **33**.

Ihre Gier nach einem Geschenk ist so groß, dass die Prinzessin dir gestattet, über Funk Kontakt mit der Alpha 2 aufzunehmen. Du weist Bobby an, das Anti-Grav-Modul auszubauen und herzubringen. Wenig später erscheint er in Begleitung mehrerer Ameisenwächter, und du überreichst Prinzessin Xiphazoxoxl das wertvolle Gerät. Sie **82** scheint mehr oder weniger besänftigt durch deine Gabe und bedeutet ihren Untergebenen, euch wieder in die Freiheit zu entlassen. Ihr beeilt euch, zum Schiff zurückzukommen und diesen grässlichen Planeten zu verlassen. Weiter bei **52**.

83 Gerade noch rechtzeitig rappelst du dich wieder auf, um dem nächsten Schuss des Roboters auszuweichen. Wütend über deine eigene Ungeschicklichkeit feuerst du weiter, und es gelingt dir, auch die restlichen acht Zielscheiben abzuschießen, ohne dass du selbst getroffen wirst! Als die letzte im Innern der Maschine verschwindet, ertönt ein etwas lauteres Klicken, dann erstarrt der Roboter mitten in der Bewegung. Das Shmadrugalen-Publikum bricht von neuem in tosenden Beifall aus – und diesmal jubelt man *dir* zu! Zusammen mit dem Rest deiner Crew wirst du aus der Arena und zum Anführer der Shmadrugalen gebracht. Weiter bei **93**.

84 Du bringst einen weiten Abstand zwischen die Alpha 2 und den Zerstörer, der keine Anstalten macht, euch zu verfolgen. Bald habt ihr das fremde Schiff weit hinter euch gelassen.

»Ein Glück ... wer weiß, was da hätte passieren können?«, rasselt Brak erleichtert.

»*Mörrr*«, sagt Gondola zustimmend und bietet dir ein Kaubonbon an, das nur leicht aufgeweicht zwischen ihren Zähnen steckt. Du lehnst dankend ab und bringst die Alpha 2 wieder auf Kurs. Weiter bei **19**.

Bange Sekunden klammert ihr euch an euren Sitzen fest und hofft inständig, dass keiner der größeren Brocken das Schiff treffen wird. Da tut es auf einmal einen gewaltigen Schlag! Nur mit Mühe gelingt es dir, dich in deinem Pilotensessel zu halten. Es folgen etwas leisere, prasselnde Geräusche, verursacht von kleineren Meteoriten, dann ist das Meteorgewitter vorüber. **85**

Du siehst dich angstvoll um. Auf deinem Monitor blinken verschiedene Anzeigen, und irgendwo im Hintergrund ist lautes Zischen zu hören. »Was ... was war das?«, erkundigst du dich beunruhigt.

»Wonach hat es denn geklungen?«, fragt Bobby zurück. »Einer dieser Klöpse hat uns frontal erwischt!« Er wirft einen raschen Blick auf die Anzeigen, dann schnappt er sich seinen Lötkolben und eilt nach hinten in den Maschinenraum. Kaum eine Minute später dringt seine Stimme durch die Bordsprechanlage: »Miese Nachrichten, Captain: Ein Meteor hat unsere hintere Steuerdüse zerschmettert. Ohne schweres Gerät lässt sich der Schaden nicht beheben. Wenn wir Glück haben, können wir noch irgendwo landen, aber dann ist Feierabend!«

Das sind ja tolle Aussichten! Du musst bei nächster Gelegenheit landen und die Alpha 2 reparieren lassen. Mach dir eine entsprechende Notiz in dein **Bordlogbuch** und flieg weiter nach **87**.

Ihr beobachtet den offenbar stark übermüdeten Wachtposten eine Weile. Immer wieder sinkt er schnarchend mit dem Kinn auf sein neben ihm stehendes Gewehr, schrickt **86** zusammen und starrt von neuem für einige Minuten mit schweren Lidern umher. Dir kommt eine Idee, wie du ihn ausschalten könntest. Gemeinsam mit Brak schleichst du dich an den dösenden Dachs heran. Dann befiehlst du dem Androiden, seinen Teleskoparm auszufahren und dem Radix einen Schlag auf den Schädel zu versetzen. Ganz wie du erwartet hast, stoppt die stählerne Faust aufgrund des Fehlers in Braks Hauptplatine wenige Millimeter über dem Kopf des Radix. In diesem Moment brüllst du aus Leibeskräften »BUUUH!«. Ermittle den Zufallsfaktor: Beträgt er 4 oder weniger, geht es weiter bei **69**. Ist er größer, weiter bei **77**.

87 Nach einigen weiteren Stunden ereignislosen Fluges kommt Bewegung in die Alpha 2: »Wir haben das Sternbild Triops erreicht!«, ruft Ivy. Der Autopilot schaltet sich aus, und du übernimmst das Steuer. Bevor du dir allerdings Gedanken machen kannst, was genau du als Nächstes unternehmen willst, ertönt ein knisternder Funkspruch aus den Lautsprechern:

»*An alle Mitglieder und Gefolgsleute des Interstellaren Sternenbundes! Dies ist eine automatisch auf allen Frequenzen abgestrahlte Mitteilung. Der Sternenbund warnt vor politischen Unruhen in diesem Raumsektor! Die Radixe, Bevölkerungsmehrheit im Sternbild Triops, haben sich offiziell von jeder Regierung losgesagt. Bis die Verhandlungen mit ihrem König begonnen haben, sollte dieser Sektor nur in Ausnahmefällen und mit größter Vorsicht angeflogen werden. Ende der Nachricht.*«

Du runzelst die Stirn und denkst über das Gehörte nach. Da taucht ein gutes Stück vor dir auf dem Bildschirm ein riesiger, metallisch glänzender Umriss auf. Das Objekt sieht aus wie ein silberner Apfel von der Größe eines kleinen Mondes, dessen unteres Drittel flach abgeschnitten wurde. Eine Raumstation!

»Das ist Sansybar-Syx«, liest Ivy von ihrem Navigationsbildschirm ab. »Eine künstliche Stadt mitten im Weltraum. Dort gibt es alles, was sonst nur auf richtigen Planeten zu finden ist: Ärzte, Geschäfte, einen Raumhafen ...«

Falls die Alpha 2 auf eurer bisherigen Reise beschädigt wurde und/oder du dort etwas abzuliefern hast, landest du auf Sansybar-Syx, um den Raumhafen anzusteuern (weiter bei **76**). Ist eines deiner Crewmitglieder erkrankt, musst du ebenfalls landen und einen Arzt aufsuchen (weiter bei **80**). Trifft nichts davon zu, brauchst du keinen Zwischenstopp einzulegen und kannst ohne Zeitverlust nach **39** weiterfliegen.

Du steuerst die Alpha 2 in eine Umlaufbahn um den **88**
schwarzen Planeten. »Den Sternkarten nach müsste es sich um Grobonski handeln«, erklärt Ivy mit einem Blick auf ihren Monitor. Sie gibt den Namen in den Bordcomputer ein und liest laut vor, was er daraufhin ausspuckt.

»Hier steht, dass fast die ganze Oberfläche des Planeten von Minen und Bergbauanlagen ausgehöhlt ist.«

»Wozu denn das?«, erkundigt sich Brak vorsichtig.

»Auf Grobonski wird Grobonskonit abgebaut«, erklärt Ivy nach einem weiteren Blick auf den Bildschirm. »Das ist ein tief im Gestein vorkommender Rohstoff, der sich sowohl zu einem Metall als auch zu einem Sprengstoff und einem Nahrungsmittel weiterverarbeiten lässt. Aufgrund seiner vielfältigen Einsatzmöglichkeiten ist er sehr kostbar. Hey, das klingt interessant, findet ihr nicht?«

»Geht so«, erwidert Brak und hebt die Hand zu einem schlecht gespielten Gähner vor den Mund.

»Also, *ich* würde mir diese Minen ja gerne mal ansehen!«, erklärt Ivy.

»Warum nicht?«, bemerkt Bobby und wendet sich dir zu. »Zudem könnten deine Eltern dort zwischengelandet sein, um auf ihrem Weg für den Sternenbund die Schürfanlagen zu kontrollieren. Wir sollten wirklich kurz runtergehen und das überprüfen ... dauert ja nicht lange.«

Willst du auf Grobonski landen (weiter bei **41**) oder lieber weiterfliegen (weiter bei **65**)?

89 Immer weiter rast du auf das schwarze Loch zu ... Da ertönt aus dem Hintergrund plötzlich Ivys Stimme: »Sie bleiben zurück! Sie wagen es nicht, uns so weit in die Nähe des schwarzen Loches zu folgen!«

Aufatmend ziehst du den Steuerhebel zurück und willst die Geschwindigkeit reduzieren. Doch etwas stimmt nicht – das Schiff beschleunigt noch immer! Verzweifelt überprüfst du die Kontrollen und rüttelst am Knüppel, doch nichts tut sich. Die Alpha 2 ist von der unvorstellbaren Anziehungskraft des schwarzen Lochs erfasst worden, aus der es kein Entrinnen gibt! Hilflos rast ihr weiter auf den unheimlichen Strudel zu, der euch hinfortsaugen wird ... wer weiß, wohin? Du bist ganz knapp vor dem Ziel gescheitert.

Ivy gibt dir ein Allzweckmedikament aus der Bordapotheke, das auf Dusenia-Oxx entwickelt wurde. Du bleibst eine Weile liegen, während sie deine Stirn mit kalten Wickeln kühlt und Gondola besorgt schnurrend immer wieder im Kreis um dich herumschleicht. Nach einer Weile spürst du, dass es dir allmählich besser geht. Das Medikament hat angeschlagen! Glücklicherweise scheinst du auch kein anderes Crewmitglied angesteckt zu haben. Der Flug kann weitergehen nach **87**. **90**

Enttäuscht hebt der Minister seine borstigen Augenbrauen. »Was? Ihr wollt unsere grandiosen Minen nicht besichtigen? Nun, da kann man nichts machen.« Er lässt sich schwer in seinen Stuhl zurückplumpsen und beginnt, konzentriert an einem kleinen Computermonitor zu arbeiten. Du musst deine Frage zweimal wiederholen, bevor ihm in den Sinn kommt, darauf zu antworten. »Deine Eltern? Wie, sagtest du noch, waren ihre Namen? Nein. Nein, sie sind nicht hier gewesen. Der letzte Kontrolleur kam vor über einem Monat, sonst sind nur Frachter auf Grobonski gelandet. Tut mir Leid. Und nun entschuldigt mich bitte, ich habe zu tun!« **91**

Enttäuscht kehrst du mit deinem Begleiter zur Alpha 2 zurück und setzt deinen Kurs nach **65** fort.

92 Ihr folgt der Straße einige Häuserblocks weit durch die Nacht und erreicht den königlichen Raumhafen des Planeten Bolgothar. Auf einem der Landefelder entdeckt ihr, angestrahlt von unzähligen Flutlichtern und bewacht von Dutzenden bewaffneter Dachssoldaten – die Alpha 3, das Schiff deiner Eltern! Doch du erkennst rasch, dass ihr keine Chance habt, den Radixen das Schiff wieder abzujagen. Und deine Eltern scheinen sich ohnehin an einem anderen Ort zu befinden. Willst du daher nun (falls du das noch nicht versucht hast) den Palast aufsuchen (weiter bei **25**) oder das Militärviertel (**103**)?

93 In einem nüchternen, mit militärischen Flaggen dekorierten Raum erwartet euch Oberst Lor-Nell, Lenker des Planeten Shmadrugal. »Ihr habt euch bei den großen Spielen unseres Planeten behaupten können, Fremdlinge!«, sagt er würdevoll. »Dafür sollen euch euer Leben und eure Freiheit geschenkt werden!« Er verzieht seine Hundeschnauze zu einem wohlwollenden Lächeln und gibt den Wachen mit einer Handbewegung zu verstehen, dass ihr nicht länger Gefangene seid. Willst du nun schnellstmöglich zur Alpha 2 zurückkehren und deine Suche im Sternbild Triops fortsetzen (weiter bei **52**) oder die milde Stimmung des Herrschers ausnutzen und ihn fragen, ob er zufällig etwas über den Verbleib deiner Eltern weiß (weiter bei **67**)?

94 Willst du auf gut Glück anbieten, dass Bobby Shock sich den Schaden am Antrieb der MS Carthago einmal anschauen könnte, weiter bei **64**. Fragst du Captain Doderlyn lieber, auf welche Weise du ihm einen nützlichen Dienst erweisen könntest, weiter bei **68**.

95

»Ich … ich habe Euch ein großartiges Anti-Grav-Modul mitgebracht, Majestät«, stotterst du. »Es … es ist in unserem Schiff und müsste nur rasch von unserem Mechaniker ausgebaut werden!«

Die Ameisenprinzessin klappert interessiert mit ihren Beißwerkzeugen. Jetzt kommt es darauf an! Befindet sich Bobby Shock noch an Bord der Alpha 2 (weiter bei **82**), oder musstet ihr ihn im Verlauf eurer Abenteuer irgendwo zurücklassen (**26**)?

96

Da dich der Umweg weit von eurem ursprünglichen Kurs abgebracht hat, lässt du den Bordcomputer eine neue Route zum Sternbild Triops berechnen. Ivy gibt die Daten in ihr Navigationspult ein, dann macht ihr euch auf den Weg.

Ihr seid eine knappe Stunde unterwegs, als dir auf einmal übel wird. Dein Kopf brummt, und als du dich in der Zentrale umsiehst, scheint sich alles um dich zu drehen. Warst du im Wrack des Planetenscooters und hast dort deinen Raumhelm abgenommen? Wenn ja, weiter bei **24**. Warst du nicht dort oder hast deinen Helm die ganze Zeit aufgelassen, weiter bei **75**.

97

Du und dein Begleiter realisiert zu spät, um was es sich bei dem durchdringenden Knirschen hinter der Tunnelwand handelt. Gerade willst du den Minister darauf ansprechen, als plötzlich eine riesige Stahlschaufel durch die Wand rechts von euch bricht! Ein haushoher Grobonskonit-Bagger schiebt sich durch die entstehende Öffnung. Doch der Führer der Maschine hat offenbar seinen Förderplan nicht richtig gelesen: Die Stelle, die er durchbrochen hat, war eine tragende Stütze des Tunnelabschnitts! Binnen Sekundenbruchteilen stürzen Decke und Wände ein und begraben Minister K'schmorf, deinen Begleiter und dich unter unzähligen Tonnen Grobonskonit. Du bist leider gescheitert!

98 Immer mehr Kurven und Abzweigungen begegnen euch auf eurem Weg, und dich beschleicht ein ungutes Gefühl. Du richtest deinen Blick nach oben – und erstarrst! Die Decke über deinem Kopf besteht aus getöntem Glas. Ohne es zu bemerken, seid ihr mitten in den Irrgarten unter König Ubbos Thronsaal gestolpert! Zum Glück ist der Saal über euren Köpfen mittlerweile verlassen und dunkel. Allerdings erinnerst du dich beklommen an die widerlichen Monster, die du vorhin hier unten erspäht hast. Prompt ertönt eine Wegbiegung hinter euch ein sabberndes Geräusch!

Besitzt du einen Plan dieses Labyrinthes? Wenn ja, lies weiter bei dem Abschnitt, der dem Zahlensymbol auf dem Pergament entspricht. Hast du keine Karte, weiter bei **66**.

99 Der grüne Planet ist, wie dir eine Computerabtastung verrät, zu großen Teilen mit tropischem Dschungel bedeckt. Du findest eine ausreichend große Lichtung und landest.

Da Bobby und Brak im Maschinenraum beschäftigt sind und Ivy emsig in ihren digitalen Sternkarten stöbert, um herauszufinden, wo ihr seid, schnappst du dir kurzerhand Gondola und begibst dich mit ihr nach draußen.

Die Atmosphäre erinnert an die der Erde zu einer Zeit, als es noch keine Umweltverschmutzung gab: Die Luft riecht frisch nach Erde und Wald, Vogelgezwitscher ist zu hören. Am Rand der Lichtung ragen die steinernen Überreste von etwas empor, das einst ein Aussichtsturm gewesen sein könnte. Während du die Ruine von weitem betrachtest, ist dir plötzlich, als erbebe der Boden unter deinen Füßen leicht. Auch Gondola scheint etwas bemerkt zu haben. Mit großen Augen starrt sie zum nahen Waldrand hinüber. Möchtest du dir den verfallenen Turm genauer ansehen, geht es weiter bei **20**. Wenn du stattdessen ein Stück in den dichten Dschungel eindringen möchtest, weiter bei **45**. Erscheint es dir am klügsten, zum Schiff zurückzukehren, weiter bei **5**.

Ratlos dreht und wendet Prinzessin Xiphazoxoxl den großen Zahn mit ihren gepanzerten Greifwerkzeugen hin und her. Dann klappert sie enttäuscht mit ihren Zangen und ruft: »Besucher hat nur wertlosen Tand für uns! Hinfort mit ihm, in die Brutkammern! Die kleinen Ameisenmaden haben immer Hunger.« **100**

Dein Abenteuer ist damit beendet!

101 Du beschließt, einen Raumanzug anzulegen und mit einem Düsenpaket hinüber zu dem alten Schiff zu fliegen.

»Ohne mich!«, schnarrt Brak und setzt sich mit demonstrativ verschränkten Armen neben die Luke zum Maschinenraum. Wähle von den verbleibenden Crewmitgliedern jemanden aus, der dich begleiten soll, und mach dir eine entsprechende Notiz in deinem **Bordlogbuch**. (Falls du dich für Gondola entscheidest, für sie gibt es einen speziellen Katzenraumanzug.)

Der planetarische Scooter ist schwer beschädigt, seine Außenhaut eine Kraterlandschaft aus Beulen und Löchern. Ihr untersucht die Hauptschleuse, und du stellst überrascht fest, dass der Innenbereich des Schiffs noch immer versiegelt und mit Sauerstoff gefüllt ist. Durch eine intakte Luftschleuse gelangst du hinein. Willst du deinen Raumhelm abnehmen und die Zentrale des Scooters durchsuchen (weiter bei **3**) oder lieber in die beschädigten Außenbereiche zurückkehren, um dort nach etwas Nützlichem zu forschen (weiter bei **71**)?

102 Es dauert einige Augenblicke, bis der Bordcomputer aus seinen umfangreichen Archiven die passenden Daten zusammengesucht hat. Dann erscheint Text auf dem Bildschirm:

STERNBILD TRIOPS:
– 6 STERNE MIT INSGESAMT 31 PLANETEN, DAVON 7 BESIEDELT

– BEWOHNER: RADIXE, SHMADRUGALEN, DIVERSE TIERARTEN
– ENTFERNUNG ZUM GEGENWÄRTIGEN AUFENTHALTSORT: 7,3981 LICHTJAHRE
– GESCHÄTZTE REISEDAUER: 4,5146 STUNDEN

MÖGLICHE REISEROUTEN:
A) DIREKTER WEG: NICHT EMPFOHLEN! FÜHRT DURCH UNERFORSCHTES GEBIET, UNTER ANDEREM STERNENHAUFEN TRI-BANDARAI. VERDACHT AUF ERHÖHTES AUFKOMMEN VON WELTRAUMPIRATERIE!
B) INDIREKTER WEG: EMPFOHLEN! UMWEG VON 2,1799 LICHTJAHREN ÜBER DOPPELGESTIRN BENDIX II. RELATIV GEFAHRLOSER KURS DURCH ZIVILISIERTES GEBIET.

»2,1799 Lichtjahre Umweg? Das, äh ... ist doch fast nichts!«, behauptet Brak nicht sonderlich überzeugend. »Ich finde, ›gefahrloser Kurs durch zivilisiertes Gebiet‹ hört sich vielversprechend an, oder?«

»Ich finde, es hört sich in erster Linie nach Zeitverschwendung an«, entgegnet Bobby Shock trocken. »Der direkte Weg ist der schnellere! Und die Alpha 2 anzugreifen, wagt ohnehin kein Raumpirat!«

Was willst du tun? Bist du lieber vorsichtig und nimmst den Umweg über das Doppelgestirn Bendix II in Kauf, geht es weiter bei **53**. Entscheidest du dich, trotz der möglichen Gefahren, den direkten, kürzesten Weg einzuschlagen, geht es weiter bei **49**.

103 Nach einigen Minuten Fußweg erreicht ihr das Militärviertel. Hier gibt es Baracken für die Soldaten der Radixe sowie Schuppen und Hallen aus Wellblech, in denen Fluggeräte, Waffen und andere Dinge aufbewahrt werden.

Du willst dich und deine Freunde gerade beglückwünschen, dass es euch so lange gelungen ist, unentdeckt durch die Radix-Stadt zu schleichen – als ihr plötzlich von einem grellen Lichtstrahl erfasst werdet! Überall um euch herum kriechen bewaffnete Dachswächter aus den Schatten der Gebäude und zwingen euch, ihnen zu einem prunkvollen gelben Palast im Zentrum der Stadt zu folgen. Sie stoßen euch durch endlose Korridore, bis ihr schließlich in einen unglaublichen Raum stolpert ... Weiter bei **48**.

104 »Hmm, das ist schwer zu sagen ...« Professor Corborias runzelt seine ohnehin runzlige, graue Stirn. »Ich habe deinen Vater als umsichtigen Beamten des Sternenbundes kennen gelernt. Ich glaube nicht, dass er sich und deine Mutter unüberlegt in Gefahr bringen würde. Aber das Sternbild Triops ist weit und der Weg dorthin nicht ohne Gefahren. Außerdem munkelt man, dass die Radixe, die den dortigen Raumsektor bewohnen, dem Sternenbund nicht wohl gesonnen sind.« Er stößt ein Seufzen aus und erhebt sich von seinem Schreibtisch. »Aber was genau geschehen und warum der Kontakt zu deinen Eltern abgebrochen ist, findet sicher nur der heraus, der ihre Spur verfolgt und es nachprüft. Mehr kann ich dazu nicht sagen.«

Etwas enttäuscht überlegst du, was du nun unternehmen sollst: Willst du, damit der Abstecher hierher sich wenigstens ein bisschen gelohnt hat, Professor Corborias bitten, dir etwas über schwarze Löcher und ihre Entstehung zu erzählen (weiter bei **11**)? Oder kehrst du lieber sofort in die Alpha 2 zurück, um ohne weitere Verzögerungen zum Sternbild Triops aufzubrechen (weiter bei **49**)?

»Was? Kein Geschenk für Prinzessin Xiphazoxoxl?« Enttäuscht schnappt die Ameisenherrscherin mit ihren Kieferzangen. Dann wendet sie sich gelangweilt ab und gibt ihren Wachen ein Zeichen, dich in die Brutkammern der unterirdischen Stadt zu bringen. Dort wirst du den Babymaden des Ameisenstaates als Futter dienen, womit dein Abenteuer zu einem traurigen Ende gelangt. **105**

Dir bleibt fast das Herz stehen, als König Ubbo seinen Blick direkt auf die Steinstatue richtet, hinter der ihr euch versteckt – aber er entdeckt euch nicht! Gelangweilt schaut er wieder weg und lässt sich ächzend auf seinen Thron plumpsen. **106**

Du hast genug gehört! Lautlos gibst du deiner Crew ein Zeichen, dir durch einen schmalen Seitenkorridor aus dem Thronsaal zu folgen. Du weißt jetzt, wo deine Eltern gefangen gehalten werden. Nun gilt es, sie zu finden und zu befreien. Eilig hastet ihr durch Gänge und Flure. Ihr folgt einer Treppe nach unten und gelangt in ein dämmrig beleuchtetes Kellergeschoss, ohne dass euch jemand bemerkt. Weiter bei **98**.

107 Nach wenigen Minuten ertönt ein lauter Donnerschlag aus dem Maschinenraum. Gefolgt von Brak und einer dicken schwarzen Qualmwolke, erscheint Bobby wieder in der Zentrale. »Habe ich mich vielleicht nicht deutlich genug ausgedrückt?«, ruft er aufgebracht. »Wir hätten landen *müssen!* Jetzt ist der Antrieb hin – und zwar endgültig.«

Ohne Antrieb seid ihr dazu verdammt, hilflos im All zu treiben in der Hoffnung, dass euch jemand aufliest und rettet. Ob das je passieren wird, ist eine andere Geschichte. Dein Abenteuer jedenfalls endet hier.

108 Du landest die Alpha 2 auf einer steinigen Hochebene auf dem Planeten Belknap. Rund um euren Landeplatz ragen schroffe Berge empor, und ein scharfer Wind heult um die Felsen. Gespannt macht ihr euch auf die Suche nach der nächsten Radix-Siedlung.

Nach Stunden anstrengenden Marsches habt ihr immer noch keine Spur von einem beinlosen Dachs, geschweige denn einer Stadt gefunden. Ihr macht kehrt, um zum Schiff zurückzukehren und eine andere Stelle des Planeten anzufliegen. Doch je länger ihr unterwegs seid, desto unbekannter kommt euch die Umgebung vor ... Als die Nacht hereinbricht, ohne dass ihr euer Schiff gefunden habt, müsst ihr der schrecklichen Tatsache ins Auge sehen: Ihr habt euch in den wilden Gebirgen von Belknap hoffnungslos verirrt! Du wirst die Alpha 2 nie wiedersehen, deine Mission ist gescheitert.

Einige Augenblicke vergehen, während der Bordcomputer die Antwort auf deine Frage errechnet. Dann hellt sich der Bildschirm auf. Dort steht: **109**

VORAUSSICHTLICHE WAHRSCHEINLICHKEIT FÜR ERFOLG DER MISSION: 21,785510 %
EXAKTERE EINSCHÄTZUNG MANGELS INFORMATIONEN MOMENTAN NICHT MÖGLICH!

»Ich hatte ehrlich gesagt auf einen etwas höheren Wert gehofft«, gibt Brak mit blecherner Stimme zu.

»Selbst wenn die Chance nur 0,001 Prozent betrüge – wir würden es dennoch versuchen!«, verkündet Ivy.

Du nickst grimmig und bringst die Alpha 2 auf Kurs. Weiter bei **49**.

Verzweifelt versuchst du, dich wieder aufzurappeln und dem nächsten Schuss des Kampfroboters auszuweichen. Aber dein Sturz hat dich wertvolle Sekundenbruchteile gekostet! Ein Nervenstrahl trifft dich in die Seite, und vor Schmerz wird dir sofort schwarz vor Augen. **110**

Du kommst in einer finsteren Kerkeranlage wieder zu dir. Neben deiner Crew sind hier zahlreiche Shmadrugalen und Bewohner anderer Planeten eingesperrt. Von ihnen erfährst du, dass ihr so lange hier bleiben werdet, bis ihr entweder bei einem der grausamen Wettkämpfe der Shmadrugalen siegt und so eure Freiheit wiedergewinnt – oder dabei ums Leben kommt! Dein Abenteuer ist damit beendet.

111 Mit zitternden Fingern aktivierst du das Anti-Grav-Modul, das auf Dusenia-Oxx entwickelt wurde, und – es funktioniert! Haarscharf außerhalb seiner zerstörerischen Anziehungskraft saust ihr an dem grauenhaften schwarzen Strudel vorbei.

Eure Verfolger dagegen verfehlen die Ideallinie: Taumelnd kommen sie vom Kurs ab und werden unaufhaltsam von dem schwarzen Loch aufgesaugt und verschluckt!

Mit weichen Knien bringst du die Alpha 2 auf Kurs in Richtung Heimat, aktivierst den Autopiloten und sackst erschöpft in deinem Pilotensessel zusammen. Weiter bei **115**.

112 Du machst Ivy auf das lauter werdende Geräusch aufmerksam. Sie bedeutet dem Minister, stehen zu bleiben. Dann richtet sie ihren Blick konzentriert auf die Tunnelwand. Ihre Augen beginnen rötlich zu glühen, als sie ihren berühmten Röntgenblick einsetzt. Nur kurz starrt sie durch das Gestein, dann wirft sie sich mit aller Kraft gegen K'schmorf und dich und stößt euch beiseite. Der Minister will sich gerade beschweren, als hinter ihm ein ohrenbetäubendes Donnern den Gang erfüllt! Die Seitenwand des Tunnels bricht auf, und ein riesiger Grobonskonit-Bagger, von einem unachtsamen Fahrer gesteuert, durchbricht von der anderen Seite die tragende Wand des Tunnels! Große Teile der Decke stürzen krachend zusammen und füllen den Gang dort, wo ihr eben noch gestanden habt, mit Tonnen von Grobonskonit.

Als der Staub sich legt, richtet sich der Minister kopfschüttelnd wieder auf. »Ich ... ich hätte *tot* sein können«, grunzt er fassungslos. »Ich, der oberste Schürfminister des Planeten Grobonski!« Er wendet sich zu Ivy und dir um, und sein Schweinegesicht strahlt vor Dankbarkeit. »Wie konntet ihr das vorhersehen? Ich danke euch unendlich!«

K'schmorf führt euch aus den Minen und zurück in sein Büro, wo er aus einem Wandtresor ein kinderfaustgroßes Amulett an einer Silberkette holt. Er überreicht es euch. »Dies ist ein geschliffener Edel-Grobonskonit«, erklärt er stolz und deutet auf den schwarz glänzenden Stein in der Mitte des Schmuckstücks. »Behaltet ihn als Zeichen meiner Dankbarkeit!«

Du nimmst das Amulett an dich (mach dir eine entsprechende Notiz in deinem **Bordlogbuch**) und kehrst mit Ivy an Bord der Alpha 2 zurück. Während ihr wieder auf Kurs geht, berichtest du Brak, Bobby und Gondola von eurem Abenteuer unter der Erde. Weiter bei **65**.

Schneller, als man es dem stählernen Koloss zutrauen wür- **113**
de, huscht Brak von hinten an den Piratencaptain heran. Noch immer hat keiner der Octobalden etwas gemerkt. Brak hebt den Arm mit der Laserlanze zum Schlag – und erstarrt! Eiskalt läuft es dir den Rücken hinunter: der Fehler in seiner Hauptplatine! Wie du nur allzu gut weißt, kann Brak keinem Lebewesen etwas zuleide tun! Captain Ragoridus dreht sich plappernd um und schrickt zusammen, als er den riesigen Androiden hinter sich aufragen sieht. Dann bellt er einen harschen Befehl. Seine Handlan-

ger wirbeln herum und reißen ihre Strahlwaffen in die Höhe. In Sekundenbruchteilen haben sie die Mannschaft der Alpha 2 bis auf das letzte Crewmitglied ausgelöscht. Dein Abenteuer ist zu Ende!

114 Du sendest eine Kontaktbotschaft auf allen gängigen Frequenzen aus. Sekunden später erscheint ein hochgewachsener, schlanker Mann mit energischem schwarzem Schnurrbart auf deinem Monitor. Er steckt in einer dunkelblauen Uniform, die der Dienstkleidung deiner Eltern zwar entfernt ähnelt, aber nicht gleicht. Seinem Gesichtsausdruck nach zu schließen, ist er über die Störung alles andere als erfreut. »Hier Captain Doderlyn von der MS Carthago«, erklärt er knapp. »Wer seid ihr und was wollt ihr?«

Wie willst du vorgehen? Wenn du ihm drohen möchtest, damit er der Alpha 2 mit seinem Schiff den Weg freimacht, lies weiter bei **78**. Erklärst du dem Captain, wer du bist, und bittest ihn um eine Unterredung, weiter bei **12**. Wenn du lieber die Funkverbindung abbrechen und einen weiträumigen Ausweichkurs einschlagen willst, weiter bei **84**.

115 Wenige Tage später sitzt du mit deinen Eltern auf Arkadya am heimischen Frühstückstisch. Längst hat der Sternenbund eine Großoffensive gegen König Ubbo eingeleitet und den Aufstand im Sternbild Triops niedergeschlagen – trotz schwarzem Loch! Auch die Alpha 3 wurde bei dieser Gelegenheit zurückerobert und steht wieder startbereit in eurer Raumschiffhalle.

Obwohl deine Eltern sich bereits mehrere Male bei dir und deiner Crew für ihre Rettung bedankt haben, hast du das Gefühl, dass sie dir an diesem Morgen noch etwas mitteilen wollen, bevor sie zu ihrem nächsten Einsatz aufbrechen. Und du behältst Recht: Als dein Vater sich erhebt, um sich für die Abreise fertig zu machen, bleibt er neben dir stehen und legt dir sanft die Hand auf die Schulter. »Was wir dir noch sagen wollten: Du hast bewiesen, dass du dich selbstständig im All zurechtfinden und mit deiner Crew auch schwierige Aufgaben bewältigen kannst. Ab sofort steht die Alpha 2 zu deiner freien Verfügung – wann immer du willst und ohne dass du extra fragen musst!«

Mit strahlenden Augen blickst du deinen Eltern nach, als sie sich einmal mehr auf einen Patrouillenflug ins All begeben.

Denn du weißt: Großartige Zeiten kommen auf dich zu!

Erlebe weitere spannende Weltraum-Abenteuer mit der Alpha 2:

Band 2: Alpha 2 – Angriff der Gmorffs
Band 3: Alpha 2 – Schiff der Verdammten
Band 4: Alpha 2 – Der Schatz von Sumura

BORDLOGBUCH

AUSRÜSTUNG:

1

2

3

4

5

NOTIZEN